知识、学问是一个深邃的海洋，只有辛勤劳动才有望达到彼岸。

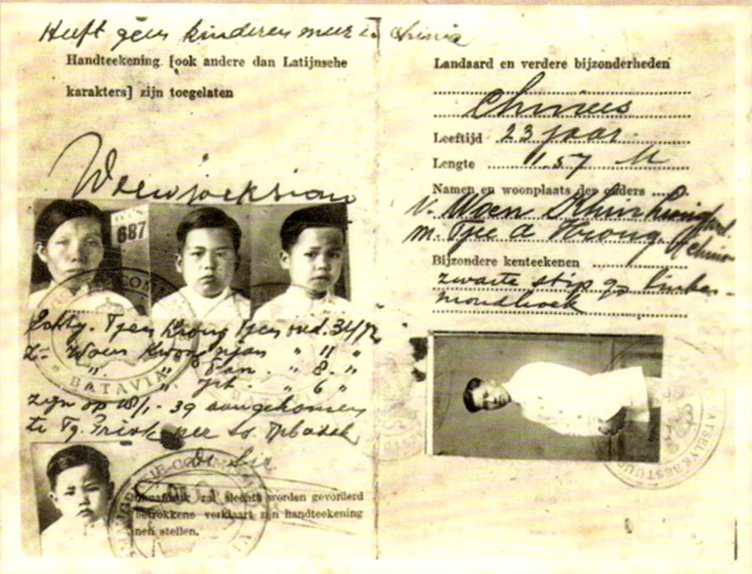
Heeft geen kinderen meer in China

Handteekening [ook andere dan Latijnsche karakters] zijn toegelaten

Landaard en verdere bijzonderheden

Chinees

Leeftijd 23 jaar

Lengte 1.57 M

Namen en woonplaats der ouders

Bijzondere kenteekenen

zwarte stip op linker mondhoek

687

BATAVIA

zijn op 18/1-39 aangekomen

zal slechts worden gevorderd betrokkene verklaart zijn handteekening niet stellen.

文逸诗词选集

赤子情怀

温广益 著

暨南大学出版社
JINAN UNIVERSITY PRESS

中国·广州

图书在版编目（CIP）数据

赤子情怀：文逸诗词选集／温广益著. —广州：暨南大学出版社，
2024.6
ISBN 978 - 7 -5668 - 3838 - 4

Ⅰ. ①赤⋯　Ⅱ. ①温⋯　Ⅲ. ①诗词—作品集—中国—当代　Ⅳ. ①I227

中国国家版本馆 CIP 数据核字（2024）第 002983 号

赤子情怀：文逸诗词选集
CHIZI QINGHUAI：WENYI SHICI XUANJI
著　者：温广益
···

出 版 人：阳　翼
策划编辑：潘雅琴　潘江曼
责任编辑：潘江曼
责任校对：刘舜怡　何江琳
责任印制：周一丹　郑玉婷

出版发行：暨南大学出版社（511434）
电　　话：总编室（8620）31105261
　　　　　营销部（8620）37331682　37331689
传　　真：（8620）31105289（办公室）　37331684（营销部）
网　　址：http：//www. jnupress. com
排　　版：广州良弓广告有限公司
印　　刷：广东信源文化科技有限公司
开　　本：787mm×1092mm　1/16
印　　张：14. 25
字　　数：161 千
版　　次：2024 年 6 月第 1 版
印　　次：2024 年 6 月第 1 次
定　　价：89. 80 元

自序

我于 1956 年离开侨居地印度尼西亚，怀着一颗赤子之心回国，很荣幸考上了厦门大学，后留校从事东南亚研究工作。1983 年调任到中山大学，仍做老本行。不论在坤甸，还是在厦门和广州，学习工作期间我都怀着赤诚之心，忠于教育事业。后来逐渐爱上写诗作词，以此来抒发内心情感。

青少年时略习诗词，对之产生些许兴趣，但不知如何入门，终未留下诗作。"文革"时期因常接触毛主席的诗词，且耳熟能详，当时屡次握管试笔，然无佳作可言，多为应景之作，故今只略加收入其中一二。此后因应景，或旅游，或遇与己关系较大之事，或参加国内外学术会议，或逢国家大事，内心有感，乃陆续以诗词（多为诗，词甚少）试笔（偶写现代白话诗，但觉韵味索然），于是一发不可收矣。

我以为诗作首要讲求的是对生活、一人一物、一事一景的真实叙述，然后才考虑文采优美，再是表达个人的思想，切忌过分夸大，华而不实。而这也是我想多写诗作的原因。

如今已退休近 30 年，较有闲暇，于是将近 60 年来所作之诗词，陆续加以整理修改，收入付梓。望读者阅后批评指正。

温广益

2003 年 1 月 18 日初稿

2023 年 4 月 13 日再稿

目录

居花城

行天下

叙年华

品往昔

在他乡

出国投亲与求学

幼随慈母赴印尼①，弟兄三人相伴依。

火船码头辞松口，元魁古塔渐远离②。

潮汕铁路徐南下，汕头小住候船期。

继乘火船泊香港，再登大轮抵不碌③。

辗转两地到巴城④，悠悠十载又有七。

小学先后换两校⑤，华侨公学受教育。

联中改名叫巴中，六载求学深受益⑥。

①1939 年 1 月，兄弟三人 ［元 11 岁，还 8 岁，奕（益）6 岁］随母经香港乘芝巴德（Tjibadak）轮抵爪哇，投靠在三宝垄谋生的父亲。印度尼西亚（以下简称"印尼"）时称荷属东印度，是荷兰的殖民地。

②元魁古塔始建于明代万历四十七年（1619），位于松口镇铜琶村梅江北岸，塔高41 米。华侨出洋，在火船码头乘船，必经此塔下，离乡背井之人每至此地，都会不约而同地翘首仰望此塔，依依不舍地告别故乡。多年来这座古塔象征的家园，深深植入海外赤子（主要为客家人）心中。

③地名，全称为丹戎不碌（Tanjung Priok）是全荷印最大的港口码头。

④"两地"为三宝垄（Kota Semarang）和 三马旺（Kutoarjo）。

⑤"两校"是华侨公学和自强学校（均为客属华侨所办）。

⑥1946 年 8 月至 1952 年 6 月笔者就读于巴城中学（其前身为 1945 年 10 月创办的联合中学），接受了较完整的中学教育。

注：2003 年 1 月 21 日补作；2021 年 10 月 13 日再作。

母亲携三子出国重返荷印投亲证件（1939 年摄）

上排：左至右曾良珍（母）、温广元（长子）、温广还（次子）

下排：温广奕（益）（三子）

右斜照：温育先（父）

笔者全家福（印度尼西亚雅加达五角桥 162 号住宅内　1949 年摄）

华侨公学第27届小学毕业照（1946年摄）
前排右四为笔者

日军侵占印尼

侵占三载半，风云突变幻。

依枪站街头，过桥须弯腰。

旅馆换门庭，投宿变慰安。

多少良家女，青春遭摧残。

粮油受管制，缺水又少电。

穿街复走巷，挨家喊叫贩。

中学被封闭，小学存数间。

日语强普及，英荷语靠边。

大倡印尼语，喇叭乡村悬。

一曲梭罗河，千岛几传遍。

三亚吹破皮，傀儡走台演。

空口许独立，实欲长久占。

军队兵源缺，兵补代征战。

消息被封锁，人民苦熬煎。

掠夺无止境，反抗遭禁监。

多少忠贞士①，惨遭暗埋掩。

两颗原子弹，本土遭灾难。

举手投降日，重光到南天。

①1945年8月15日，日本宣布无条件投降，但日军仍不放过因宣传抗日、流落在西苏门答腊巴耶公务（Paya Kumbuh）的我国著名爱国作家郁达夫。日本宣布投降后不久，郁达夫突然神秘失踪，日本横滨市立大学铃木正夫副教授经过研究后表示，郁达夫应是于1945年8月29日被人带走，9月17日被秘密杀害于丛林中。

注：2003年1月21日补作；2021年10月22日再作。

在巴城中学求学

爪哇重光创联中^①，一载未满易巴中^②。

免试推荐入校舍^③，喜当此校一学生。

良师执教数理化，文史师资亦贤能。

学子来自岛内外，勤读进取好学风。

家境困难获减费，贫富学子均视同。

初中一二在宛校^④，初三转址到广仁。

建校热潮平地起，献砖运动卷风云。

课余上街劝捐募，集腋成裘添花锦。

祖国新生成立日，适逢新校工程竣。

高一迁入新校舍，学习授课情绪振。

连续三载在此度，一草一木皆有情。

课余兼搞学生会，尊师爱生乐融融。

物理实验最难忘，报告一本重四斤。

数年心得聚此册，调动搬家常随身。

五二离校心难舍，悠悠六载情感深。

毕业执教赴坤甸，回雅必探母校门。

① 联中是联合中学的简称，创办于 1945 年 10 月 15 日，是由巴城三个华侨社团联合创办，有一定的师资力量，只是当时暂无自己的校舍，是当时印尼华侨学子向往的一所中学。

②1946 年 8 月 10 日联合中学易名为"华侨公立巴城中学"，简称"巴中"。

③当时规定，联合创办的三校，即广仁学校、华侨公学和福建学校之前三名高小

毕业生可免试进联合中学,本人有幸成为其中一员。

④宛校,指宛朗岸中华女子学校,因创办时巴中尚未建立校舍,故先借此校以及华侨公学和广仁学校三校的课室上课。

注:2003 年 2 月 18 日补作;2021 年 10 月 23 日再作。

巴城中学第 6 届中学毕业照(1952 年摄)

后排左一为笔者

率巴中健儿参加第二届国庆运动大会暨庆祝中华人民共和国成立二周年(1951 年摄)

执教坤甸

题记：1952 年 8 月至 1956 年 6 月，我有幸任教职于坤甸当地历史悠久的振强中小学中学部（该校创建于 1907 年），先后担任生活指导、教务主任和校务主任等职，悠悠四载，师生情深意切。1994 年元月和 2002 年 8—9 月先后返雅加达探亲访友，特别是 2007 年 11—12 月时返雅加达参加坤甸振强学校创建一百周年庆典，均受到当年坤甸振强旅雅及坤甸学子的热情款待，师生情谊深厚，令人难忘。

高中毕业执教鞭，献身侨教赴坤甸。

立足振强任教职，悠悠四载情缠绵。

校董热情多关照，同事相处亲无间。

学生尊师常看望，踩车郊游一路欢。

赤道碑，长沙坝，孟加映，港榴莲①。

男篮出征山口洋，西加胜地多游遍。

小城繁荣物产丰，印华两族心相连。

加布亚斯河宽阔，中秋泛舟赏月圆。

饮喝全赖天降水，沐浴纵身江河边。

一分耕耘多收获，成才学子念当年。

① 皆为地标、地名。港榴莲，即榴莲港。时传当地政府要在该旷地建机场，群情兴奋，故先畅游为快。

注：2003 年 2 月 20 日补作；2021 年 10 月 24 日再作。

坤甸振强中小学中学部全体老师合影（1956 年 5 月 31 日摄）

坤甸振强中小学初中部全体教师暨第 13 届毕业生合影（1956 年 1 月 25 日摄）

返国深造

题记：离印尼返国，需在其移民局按十个指模，并申明永不返印尼，我等个个遵守，义无反顾。我们所乘芝万宜（Tjiwangi）号轮于1956年6月20日自雅加达丹戎不碌港起航，于30日抵达香港尖沙咀，其间曾在新加坡停泊，但不得登岸一睹市容。

四九十月国新生，光芒万丈旭日升。

海外赤子心向往，买棹北返投母亲。

告别印尼登客轮，芝万宜号送归程。

亲人挥手惜别意，此生难返心自明。

十日十夜顶风浪，狮城香港未得登。

罗湖入境进深圳，首见亲人解放军。

急乘列车抵广州，鱼贯出站在白云。

适值七一党生日，满街标语眼前呈。

安置石牌侨补校，集体生活纪严明。

归侨赤子回故里，备考无暇访乡亲。

揭榜录取在厦大，辞别羊城赴厦门。

注：2003年1月18日补作；2021年10月27日再作。

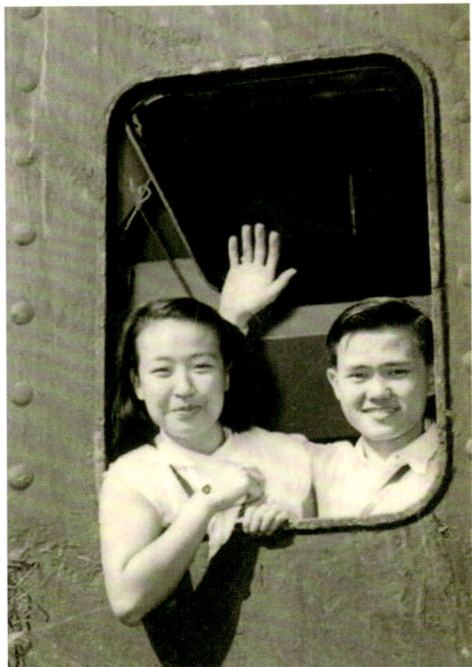

笔者（右一）在芝万宜号轮与送行的亲友挥别（1956 年 6 月 20 日摄）
轮船要启航北上了，赶快紧依船窗与岸上的亲人含笑挥手告别，也不知何时才能重返这第二故乡——印度尼西亚。

首返广州（1956 年 8 月摄）
南方大厦顶层阳台，与爱人双双含笑，回到伟大祖国的怀抱，感觉真好。背后是当时广州第一高楼爱群大厦以及繁忙的珠江。

忆峥嵘

在厦门大学（组诗）

一

题记：1958 年 8 月 23 日，厦门前线解放军炮击金门国民党守军。当时我们站在大建筑物背后，目睹厦大天空炮火交织纷飞划破黑暗夜空的场景，至今难忘；而给台舰护航的美舰，见解放军炮击台舰，立即掉头逃离。

次年同月同日，厦门遭遇 12 级以上的台风猛袭，我整夜未眠；次日漫步校园，但见膳厅倒塌，操场树木被拦腰折断或连根拔起，运动场满目疮痍，木叶狼藉，亦为人生首次经历，两个"八二三"，终生难忘。

亦曾教书育人，今又再当学生。

坐在课室听讲，机会倍感惜珍。

参加兴趣小组，爱上合唱歌咏。

幸有能人引路，自学声乐跟进。

八月二三难忘，炮战又遇台风。

毕业服从分配，南洋研究独钟。

注：2021 年 10 月 30 日补作。

笔者在厦门大学校门口留影（1956 年 12 月摄）

厦门大学历史系 1956—1960 **级毕业照**（1960 年 7 月摄于建南大礼堂前）

前排右七为笔者，第二排右第十为当时校长王亚南，第十一为当时党委书记陆维特

二

入学未届一载，反右战鼓擂响。

大字报满校园，急随众上战场。

揭批错误言论，人心振精神爽。

认识大为提高，翻身岂可忘党。

运动风浪刚过，劳动锻炼进厂。

提高劳动效率，争相出计献方。

教改走出校门，炼铁扎寨三坑。

返校安营集美，修堤边把课上。

红专孰先孰后，各人心有主张。

学习形式多样，悠悠四载难忘。

注：2003 年 1 月 24 日补作。

三

挑炭歌

题记：1958 年夏秋之交，历史系 1956 级学生（包括部分老师）被调到龙岩市所辖的三坑，参加大炼钢铁，乃因发现当地富于铁矿。于是，砍削青竹扎营，驻扎当地，除捣碎铁矿石，后来我还被分配伐木挑炭（在深山烧窑炭），与郑学樏等并肩挑炭，一路欢谈，相互照顾，难以忘怀。

早挑炭，午挑炭，山路崎岖不怕险。

踏遍三坑不平路，彩霞满天伴我还。

你挑炭，我挑炭，装满两箩出窑炭。

一路欢声加笑语，为炼钢铁青春献。

注：2014 年 11 月 10 日补作；2021 年 10 月 31 日补题记。

在南洋研究所上班

题记：此诗初成于 20 世纪 60 年代，后略作修改，以志 1960 年 9 月至 1983 年 8 月在厦门大学南洋研究所（后改研究院）工作时的难忘岁月。

朝夕穿梭丛林间，寒来暑往廿三年。

石阶级级留足印，鸟语花香时陪伴。

常凭窗栏眺大海，思绪泉涌书章篇。

不同专业常切磋，任务来时如倒山。

潜心耕耘出成果，印尼侨史在此诞①。

学习外语鼓足劲，工余还打太极拳。

美化环境勤耕作，一草一木知春暖。

最难忘收集资料，剪报勤摘至晚年。

①我参与主编的《印度尼西亚华侨史》是新中国成立后国内学者首次编写的华侨史专著，1985 年由北京海洋出版社出版。

注：2021 年 11 月 2 日再补作。

初到厦门大学南洋研究所与同事们合影（1960年9月23日摄）

第二排左五为笔者

上杭集训　南安社教

参加社教聚上杭，集训批修换轻装。

适逢首爆原子弹[①]，人人雀跃喜欲狂。

数十车辆阵势壮，寒风凛冽无阻挡。

日夜兼程赴南安，抵达新厝夜色降[②]。

同吃同住同劳动，初晚权睡猪圈房。

赤足卷裤见群众，走访贫农聊家常。

阶级队伍先清理，贪占狠批无商量。

举旗抓纲促生产，开荒辟地春耕忙。

悠悠一载勤锻炼，体质下降精神爽。

乡亲不忘昔日情，进城来厦仍常访。

①我们在上杭集训期间，适逢 1964 年 10 月 16 日午后 3 时，我国自行研制的第一颗原子弹在新疆罗布泊爆炸成功。我国成为继美国、苏联、英国、法国之后，世界上第五个拥有核武器的国家。

②1964 年 11 月至 1965 年 10 月，我们被分配到南安大霞美新厝村（新厝大队）开展社会主义教育运动，这也是我回国后第一次下农村接受锻炼。

注：2003 年 1 月 24 日补作；2021 年 11 月 3 日再补作。

革命到底

题记：此为 1970 年 11 月底为立新大队所写的"秋收小结"，猝因感染急性肝炎被队员送进白求恩医院（原中山医院）治疗月余。

秋收挥镰战正酣，岂知病疾将身缠。

放下镰刀握起笔，书就"小结"入入院。

为党工作少贡献，想起此事心不安。

体衰病多与岁增，革命意志岂容减。

注：1970 年 12 月 10 日作于厦门市白求恩医院。

清平乐·篔筜港

题记：时值围篔筜港造田，工程颇为宏大，工地一片繁忙景象，我信步至此，看到此场面，有感而作。

备战备荒，围垦篔筜港。
人定胜天力无量，敢教海滩献粮。
波涛汹涌腾翻，红旗迎风招展。
英雄挥戈上阵，誓夺良田数万。

注：1971 年 2 月 3 日作于厦门市白求恩医院；2021 年 12 月 2 日再补作。

敢教海滩把粮献

——赞篯笃港围垦工程

载石船帆破狂澜，运土板车穿新岸。

嘹亮歌声盖海潮，鲜艳红旗迎风展。

英雄挥戈篯笃港，集体力量能胜天。

誓夺良田数万亩，敢教海滩把粮献。

注：1971 年 2 月 4 日作于厦门市白求恩医院。

定教世界一片红

——纪念巴黎公社成立一百周年

题记：1971年3月18日，我已从前线公社调回厦门大学，在新成立的教育系文艺体育专业任声乐教师（1971年3月至1973年1月）。

百年战旗舞长空，巴黎儿女建奇功。

资产阶级打落地，人仰马翻倒栽葱。

无产阶级红政权，开天辟地震寰中。

公社原则普天照，光焰不息永世存。

公社战旗今更红，革命人民擎手中。

修正主义破烂货，怎禁革命洪流冲。

马列主义万年春，毛泽东思想全球颂。

英雄业绩永不朽，定教世界一片红。

注：1971年3月18日作于厦门大学。

横渡厦鼓

海风卷起千重浪，海潮呼啸如雷响。
东南前线海面上，游泳健儿渡鹭江。
伟大领袖指方向，大风大浪不迷航。
横渡厦鼓练身体，保卫祖国守海疆。

注：1971年7月13日作于厦门大学，时年38岁，本人亦参加了横渡厦鼓的活动，有感而作。

渔家傲·庆十一

　　长城内外歌舞起，大河上下展红旗。各族人民齐欢聚，弦乐起，载歌载舞庆十一。

　　锣鼓喧天震寰宇，胜利凯歌传万里。千支歌儿万支曲，献给您，心中太阳毛主席。

注：1971 年 10 月作于厦门大学。

世世代代干革命

——记厦门卷烟厂老工人郑世钦给厦门大学教育系文艺专业师生上教育课

连绵细雨下未停，比忆教育正进行。

烟厂会场特安静，师生聚精会神听。

提起昔日旧社会，工人怒火胸中升。

心肠毒辣资本家，欺压凌辱咱工人。

贪得无厌狠剥削，根根香烟血汗凝。

高楼酒酸肉发臭，穷人心酸诉不尽。

春雷一声裂长空，海岛从此见光明。

穷哥儿们进学校，走入工厂做主人。

鞍钢宪法迎进厂，掀起工业学大庆。

身在厂房闹革命，五洲风云看得清。

翻身不忘阶级苦，完全彻底为人民。

永远紧跟共产党，世世代代干革命。

注：1971 年 12 月 19 日作于厦门卷烟厂。

注：1971年12月，我随厦门大学教育系文艺专业工农兵学员到厦门卷烟厂学工，接受工人阶级教育。临别因联欢之需，试作此歌曲，为联欢节目添彩。今加以整理，以为留念也。2021年12月21日补作。

1=bB 4/4 **红日高照杏林湾** 文逸 词曲

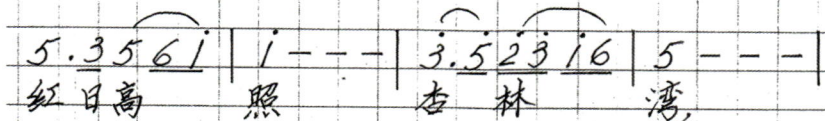

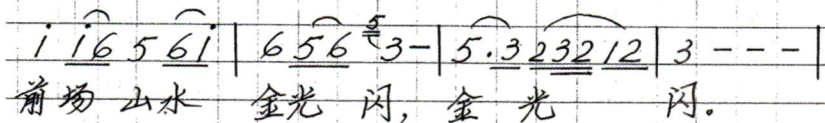

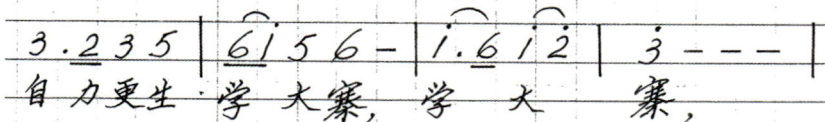

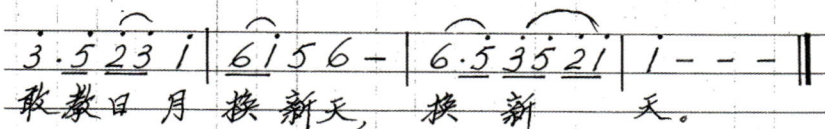

```
5·3 5 61 | i - - - | 3·5 23 16 | 5 - - - |
红 日 高    照    杏 林    湾,

i i 6 561 | 6 56 3 - | 5·3 232 12 | 3 - - - |
前场 山水  金 光 闪, 金 光     闪。

3·2 35 | 61 56 - | i·6 12 | 3 - - - |
自力更生 学 大 寨, 学 大    寨,

3·5 23 i | 61 56 - | 6·5 35 21 | i - - - ‖
歌教日月 换 新 天, 换 新    天。
```

注：1971年夏，随厦门大学教育系文艺专业工农兵学员到杏林湾前场大队学农时所作。此歌曲的特点是可因公社和生产大队的不同而照样填词适应之。2021年12月21日补作。

第一次教学见习

题记：1972年4月10—22日带领文艺专业学员到厦门六中教学见习，在该校领导与音乐教师的大力支持和帮助下，我们原本以见习为主，结果变为以实习为主，即第一周听课，第二周31位同学登讲台上课。因感教育路线正确，在课堂听讲时有所感触，故作此诗文以为纪念。

一载未满登讲坛，教育革命谱新篇。

不是路线指方向，哪有学子执教鞭。

注：1972年4月21日作于厦门六中。

登鼓山

——畅游鼓山有感

题记：厦门大学教育系文体专业工农兵学员于 1971 年 5 月 7 日即伟大领袖毛主席发表"五·七"指示 5 周年之际举行开学仪式。

重峦叠嶂，山路蜿蜒；假日乘兴，驱车鼓山。
苍松劲立，古木参天；石阶级级，直通灵泉。
历代书法，有碑可见；山泉古刹，古朴天然。
钟声阵阵，流水潺潺；游人络绎，流连忘返。
千里图穷，登高望远；闽江急流，尽收眼帘。
山河壮丽，景色绚烂；一桥飞架，乌龙两岸。
禾苗茁壮，绿茵如毡；烟窗林立，直插霄汉。
英雄辈出，江山万年；革命传统，代代相传。
师生相处，转瞬一载；征途万里，勇往直前。

注：1972 年 5 月 8 日作于福州大学。

喜聚与惜别

题记：我 70 岁的老母亲于 1972 年 6 月下旬乘飞机自印度尼西亚雅加达至中国香港，然后取道澳门经拱北进广州，历尽艰辛，于 7 月 10 日抵达厦门，国内四兄弟、妯娌、妹妹以及诸子女共 19 人方得以在厦门大学校园团聚。然为时仅一月，慈母又得踏上归程返印度尼西亚矣。

异邦一别十载余，骨肉哪得重团聚。

不是慈母从天降，妯娌孙媳各东西。

喜见母亲身心健，漫步畅游鼓浪屿。

南普古刹尽情览，烈日当头游集美。

万石岩下赏奇木，动物园里观熊黑。

夏日小城多甘露，衣衫淋湿心欢喜。

叙述天伦嫌日短，语言难表惜别意。

旅途起居多保重，祝愿寿长齐天地。

注：1972 年 8 月 4 日作于厦门大学。

团聚（1972 年 7 月摄）

游西山水库

题记：西山水库为龙海县（今龙海市）著名水库，1972 年 12 月某日，在教学实习之暇，带厦门大学教育系文艺专业学员，随龙海中学师生来此一游。

> 假日登西山，大坝入眼帘。
> 雄伟又壮观，直插峰峦间。
> 坝陡如峭壁，一砖一石垫。
> 劳动创世界，人力定胜天。
> 青山水中浮，鱼儿遨游闲。
> 轻舟湖中荡，陶然忘归返。
> 槽墩如林立，奇迹遍人间。
> 渡槽高空架，引水灌良田。
> 人勤庄稼壮，丰收喜讯传。
> 江山人民坐，定要扭坤乾。

注：1972 年 12 月 10 日作于龙海中学。

我为革命广积粮

题记：1972年5月5—18日，轮到我去厦门大学农场（在集美，特为厦大干部、老师接受劳动锻炼而设置）参加为期两周的干部劳动锻炼，有感而作。

五月田野好风光，杏林湾畔禾苗壮。
列车长啸海堤过，车辆穿梭支农忙。
蒙蒙细雨湿衣裳，我为双跨奋战忙。
喜看庄稼苗壮长，双肩磨肿心欢畅。
身披蓑衣队成行，手握镰刀上战场。
田间杂草全除尽，我为革命广积粮。

注：1972年5月作于厦门大学农场。

英雄的厦门岛（歌词）

蓝天万里彩云飘，

阳光灿烂当空照。

雄鹰展翅任翔翔，

惊涛拍岸浪花高。

啊，

英雄的厦门岛，

美丽的厦门岛。

你屹立在祖国东南海防前线，

革命战士日夜为你站岗放哨。

时代的列车在海堤疾驰飞跑，

带着前线五十万人民的心意，

飞到北京城向毛主席问好。

庄严的烈士纪念碑高耸云霄，

人民的江山像那铜墙铁壁，

革命的红旗永远迎风劲飘。

注：1973 年 6 月 10 日作于厦门大学南洋研究所。

清平乐·喜迎国庆

秋高气爽，鹭岛披盛装。五老山峰沐朝阳，晃岩昂首穹苍。

十大精神指引，普天同欢国庆。桀犬吠尧无损，万帆竞发征程。

注：1973年9月26日作于厦门大学南洋研究所。

思红军

题记：1974 年 5 月 27 日，趁出差长汀查南洋研究所存放在该处的有关书籍之余暇，与同事吴凤斌冒着大雨前往江西省瑞金市的叶坪和沙洲坝，瞻仰中华苏维埃共和国临时中央政府、毛主席旧居，以及红军活动场所，自觉接受革命传统教育，虽衣帽淋湿、鞋子踩烂，但思想上的收获，内心的欢畅，难以形容，故续作此诗。

乌云压顶无所惧，滂沱大雨送行程。
石滑泥泞脚下踩，翻山越岭来瑞金。
沙洲坝里仰旧址，叶坪草地思红军。
当年水井今犹在，光辉思想育后人。

注：1974 年 5 月作于厦门大学南洋研究所。

久别重逢

　　题记：1975 年 5 月 4 日，余等自厦门前往广州，见自印尼雅加达首次来华探亲的长兄广元；我们弟兄自 1956 年 6 月雅加达一别，不觉已近二十载未曾相见。是日恰遭雷雨交加，有感而作。

　　　　　　春暖花开赴穗城，海珠桥畔候亲人。
　　　　　　大雨滂沱扰意乱，雷声阵阵撼心灵。
　　　　　　弟兄阔别二十载，一朝相见情更浓。
　　　　　　促膝畅谈语难尽，手足情谊久弥珍。

　　注：1975 年 5 月 4 日作于穗；2005 年 7 月 21 日重修于穗。

南京长江大桥赞

长江自古谓天堑，南北如今一线通。

狂风巨浪无阻挡，汽车奔驰迎铁龙。

船帆穿梭墩侧过，游人络绎桥上行。

凭栏江心放远望，河山万里处处春。

盏盏灯火彻夜照，点点繁星相映红。

天河不在九霄外，银河近在我眼中。

人定胜天毋置疑，神匠巧手盖天工。

自力更生凯歌奏，红旗招展傲长空。

注：1975 年 8 月 12 日，余首游南京长江大桥并徜徉于公路桥有感而作。

周总理高尚品德赞

赤胆忠心干革命，立党为公无私心。
艰苦朴素堪称范，谦虚谨慎不计名。
光明磊落如日月，严于律己是非清。
顾全大局善团结，以身作则带头领。
临危不惧斗顽敌，立场坚定爱憎明。
忠于革命忠于党，鞠躬尽瘁为人民。

注：1976 年 12 月 29 日补作。

沁园春·悼念伟大领袖毛主席

星陨朔方，天地失色，日月减光。万民齐哀痛，泣不成声；举国上下，深切悲伤。仰望慈容，泪水湿襟，亲切教导犹回响。忆往昔，思丰功伟绩，世代不忘。

压顶三山埋葬，人民共和国亲手创。毛泽东思想，光焰普照；雄文四卷，永放光芒。高擎红旗，继续革命，反修防修志如钢。望安息，沿指引航向，直奔前方。

注：作于 1976 年 9 月 30 日。

重游漳州城

九龙江心望芗城，山川城郭景象新。

三桥雄踞贯南北，长途车站连八闽。

南山古寺观菊展，水仙之乡觅旧朋。

故地重游情趣爽，只缘引路有新人。

注：作于 1976 年 12 月。

思　亲

题记：此诗为思念在印度尼西亚雅加达已年逾古稀之双亲而作。

早岁那知世事艰，遥望南天思如泉。

一别不觉二十载，幸喜梦里得团圆。

别时容易见时难，骨肉南北鸿雁牵。

至祷至祝福体健，心随家书忆华年。

注：作于 1976 年 12 月 29 日。

哭慈父

题记：1977 年 7 月 14 日，远弟自香港来信，谓父亲（育先）（生于 1901 年 3 月 3 日）不幸于 7 月 6 日在雅加达逝世。噩耗传来，不胜震惊。没想到自 1956 年 6 月异邦雅加达一别，迄今廿一载，未得再一睹慈容，且不能前去吊唁，真是生离死别，悲痛之余，作此诗以为纪念。

噩耗南天传，痛失我父亲。

灯下写家信，两眼泪满盈。

一生勤操劳，守法贯终生。

老实复敦厚，美德誉众邻。

爱国不落后，送子育新人。

南北海天隔，不断思念情。

逝者驾鹤去，恩德永记心。

亲爱加团结，告慰九泉灵。

哭罢安慈母，保重最要紧。

前程仍无量，放眼世界明。

注：作于 1977 年 7 月 15 日。

首赴大连（组诗）

题记：1977 年 5 月 1 日，与南洋研究所同事李国樑出差大连，参加由人民出版社组稿的《第三世界维护石油资源和反霸斗争》一书（后改为《第三世界石油斗争》，于 1981 年由生活·读书·新知三联书店出版）的提纲讨论会，途经福州、天津、沈阳。会议结束后，乘船由大连到塘沽，途经天津、北京，再由京返榕回厦。旅途先后历时 38 日，于 6 月 7 日平安抵家，是为出差最久的一次。现将在大连和北京时所写的即兴诗作，整理如下。

到大连

南方"蛮子"闯关东，八省两市三日通。
辽阔大地任我走，壮丽山河收眼中。
列车入驰黑土地，沃野千里气象新。
城楼高悬五大字①，苍劲有力撼人心。

①五大字，即"天下第一关"。

注：作于 1977 年 5 月 6 日；2022 年 1 月 26 日补作。

喜相逢

山连水来水连山，春暖花开聚大连。

八校三部齐相见①，新老重逢喜开颜。

辽财七厂东道主，生活关怀备周全。

祖国亲人处处在，雷锋精神代相传。

①八校指北京大学、北京师范大学、北京外贸学院、辽宁财经学院、西北大学、南京大学、云南大学和厦门大学；此外，还有北京石油公司和大连石油七厂。"三部"指外经部、外贸部和石化部。

讨论会上

会议厅内摆战场，群起揭批"四人帮"。

祸国殃民犯众怒，天理不容自取亡。

抓纲治国人心快，百家争鸣诉衷肠。

编写新书责任重，毋孚众望史留芳。

注：作于1977年5月7日；2022年1月27日再作。

攀南山

劳逸结合攀南山，登高眺望渤海湾。

隔海烛光通明处，石油七厂劲冲天。

注：作于1977年5月8日。

游鸡冠山

旅顺军港中外扬，日俄厮杀当战场。

残垣断壁今犹在，日军鬼魂脏宝方。

注：作于 1977 年 5 月 10 日。

参观旅顺监狱

题记：旅顺监狱于 1902 年由俄国所建，1907 年日本扩建。占地面积 2.6 万平方米，围墙内有检身室、刑讯室、绞刑室和 15 座工厂；围墙外有窑场、林场、果园、菜地等，用于强迫被关押者服苦役。许多中国、朝鲜等国的爱国人士被囚禁和屠杀于此。现成为国家级重点文物保护单位。

沙俄日帝举屠刀，残酷杀害我同胞。

严刑峻法遍地设，监狱深处如笼牢。

中华儿女不可辱，革命理想比天高。

红旗指处乌云散，旅大重回我怀抱。

注：1977 年 5 月 10 日作于大连；2022 年 2 月 4 日抄清并加题记。

参观鲇鱼湾深水油港①

题记：1977 年 5 月 13 日，组织我们写作组成员参观的那天适值风急浪大，气温骤降，我们只穿单衣，北方气候说变就变，乍暖还寒，我们乘坐的小船艇横渡时经受了风浪、颠簸和寒冷的考验，可谓终生难忘。

风急浪高无阻挡，豪情奋登鲇鱼湾。

九拱铁桥海面架，任凭浪打稳如山。

万吨油船泊两岸，原油注入无须烦。

工人阶级力量大，人民科技谱新篇。

①20 世纪 70 年代初，随着大庆油田原油产量不断增加，作为大庆原油重要输出港的大连港，因泊位不足，输油能力低，经常造成压港压船的现象。1973 年，在全国"三年大建港"的号召下，位于大连大窑湾口外的鲇鱼湾，建设油田的任务被提上日程，一航局接到建设任务。从 1975 年 5 月正式接到抢建"栈桥"指令，用了不到一年的时间，于 1976 年 4 月建成并举行通油典礼。这个自行勘探、设计、施工，全部采用国产材料并建成了第一座现代化 10 万吨级的原油码头，是当时国内规模最大、泊位最深、技术最先进的原油码头，它创造了"中国速度"，让国际上的同行感到震惊！

注：1977 年 5 月 13 日作于大连；2022 年 2 月 7 日抄清并加注。

告别大连

告别大连，心有所恋；十又六日，相处南山。

讨论会上，各抒己见；百家争鸣，共讨同研。

饭后信步，鲁迅公园；小道深谷，足迹踏遍。

时光易逝，冬寒夏暖；友谊永结，铭刻心间。

告别大连，心有所恋；来往接送，关怀周全。

走过天桥，扶登船舷；廿一往事，涌上心田。

凭栏眺望，汪洋一片；蓝天碧海，一线接连。

祖国海疆，辽阔无边；扬帆征程，破浪向前。

注：作于 1977 年 5 月 22 日。

重游北京

时隔两载游北京，往事翻腾激人心。

长安街头举目盼，黑鬞人流露悦容。

开国城楼巍峨立，烈士碑石添英灵。

纪念礼堂新建立，世代景仰开国人。

注：作于 1977 年 5 月 30 日。

重游北京（1977 年 5 月摄）

会亲与返乡

题记：1978 年 5 月 20 日，母亲不顾 77 岁高龄，在元兄嫂（自印度尼西亚雅加达）和远弟（自香港）的陪同下，返国看望国内亲友和子孙；23 日复乘长途班车，到故乡梅县见到阔别近 30 年的三叔（炽先）一家；24 日元兄嫂与益、远、淼及堂妹美容又复乘出租车返原乡松口松东乡溪口村，探望祖居"少尹第"，而此为余等自 1939 年"过番"以来第一次返原宅一睹祖屋的"真容"也。

重洋远涉会亲人，不辞高龄返穗城。
连绵春雨阻不住，驱车复往梅县城。
梅江桥畔晤叔辈，相见银丝挂两鬓。
天伦相聚嫌时短，驱车复往界溪村。
故里一别四十载，昔日乡亲记不清。
祖辈墓地依然在，儿孙今日皆成人。
世间沧桑乃正道，锦绣前程赖众奔。

注：1978 年 5 月 25 日作于梅县华侨大厦。

首次夜游珠江

题记：趁从闽来穗会亲人（来自印度尼西亚雅加达的年迈的母亲和元兄嫂等）之机，夜游珠江（这是广州早期推出的城市特色旅游项目并延续至今，是时全国仍未将旅游业提上议事日程），因感珠江两岸城市风光美不胜收，故试作此诗留念。

夜幕初降，泛艇珠江；两岸景色，瑰丽辉煌。
两桥雄踞，宽阔江上；广州宾馆，俯瞰八方。
鳞次栉比，高楼烟窗；灯光闪烁，随波逐浪。
昔日沙面，今日权当；水入大海，急流涌往。
游子兴高，品茶江上；自斟自酌，神怡心旷。
壮丽夜景，流连难忘；叹为观止，他日再赏。

注：1978 年 5 月 31 日作于广州。

同欢唱

题记：参加厦门市第八次归侨代表大会有感而作。

倾吐衷肠心舒畅，政策落实孚众望。

宏伟蓝图展美景，翘首企足盼隆昌。

中华儿女同源出，远游赤子思家乡。

待到四化实现日，重聚鹭岛同欢唱。

注：1979 年 6 月 1 日作于厦门大学。

迎送有感

题记：1982年3月24日，余联襟黎曼雄及其在新加坡的姊姊结伴进穗，我们自厦门前来广州与之短聚，28日他们复乘红星轮返港。在迎送之际，心有所感，特成此诗。

鹭岛握别又十年，重逢相聚珠江畔。
穿街走巷步履稳，饮食谈吐风骨健。
为之操劳父母心，相爱怜惜姊弟间。
风尘仆仆君归去，何日促膝再长谈。

注：1982年3月26日作于广州。

居花城

调穗有感

题记：1983 年 8 月 10 日，举家离厦（厦门别称鹭岛），11 日晚抵穗。经三年的努力，始调动成行，时年已 50 岁，实为人生另一旅程之开始。

朝辞鹭岛赴羊城，七百余里两日程①。

繁星满天入梦境，醒时已是广州人。

家业并非从头立，人事亦觉不陌生。

半百始酬心中愿，壮心不已献吾身。

①当时从厦门赴广州，只有长途汽车这一种交通工具，而且要分两段路程行驶，晨 8 时从厦门出发，傍晚时分抵汕头，自寻住宿。次日 8 时改乘另一辆长途汽车从汕头出发，亦约傍晚时分抵达广州。旅途之劳顿，非上年纪的人所能忍受。

注：1983 年 9 月 23 日作于珠江轮渡间。

首回佳节羊城欢

题记：1983 年 10 月 4 日，参加中山大学侨联举行的国庆茶话会有感。

喜逢建国卅四载，普天同庆民开颜。

廿七春秋鹭岛过，首回佳节羊城欢。

高朋满座结新识，赤子热忱跃厅间。

四化宏图党指引，内外一心齐贡献。

再把精力献

题记：1983 年 12 月 27 日，首次参加由广东省侨联举办的新年联欢会有感，续作此诗。

菊花满园，
赤子欢聚珠江畔。
举杯把盏，豪情满怀，
共庆 1984 年。
忆往昔，
椰风蕉雨，
曾把青春年华献。
应召唤，
远涉重洋，
投奔母怀把国建。
弹指一挥近卅载，
几经磨难，
赤忱忠心并未减。
三中全会驱阴霾，
四化建设宏图展。
齐努力，
清除精神污染，
沿着党指引航向，
再把半生精力献。

注：作于 1983 年 12 月 27 日。

首赴香港

题记：1984 年 12 月 14 日，应香港大学之邀，与内地同仁 11 人首赴香港，参加由香港大学主办的华侨史学术讨论会。会后在港停留约两周，于 28 日返穗。后因感触良多，故补作此诗，以志此行。

多蒙港大邀请，首赴香港与会。

下榻利园酒店，顿觉不同天地。

研讨华侨历史，各路精英汇聚。

慨谈历史贡献，难穷动人事迹。

会后访亲问友，投宿美孚新居。

喜见八旬老母，兄弟妯娌妹婿。

闲暇各处走动，接触香港社会。

交通畅通便利，市廛繁华无比。

首次搭乘地铁，安全快捷有序。

时间准确无误，与友相约便利。

适逢圣诞佳节，霓虹闪烁耀熠。

感叹东方之珠，名实相副不虚。

建设阔步猛进，填海誓将山移。

洋货充斥商场，酒店高楼林立。

行人面有匆色，生活节奏快急。

多少亲朋好友，改行炉灶另起。

乐见巴中校友，旧情未能忘记。

设宴梅江饭店，且把别情畅叙。

返穗心难平静，何日缩短差距。

改革开放大势，向前勇奔不息。

注：补作于 2003 年 2 月 9 日。

在港团聚（1984 年 12 月摄于香港宅内）

前排左至右：温虹（细妹）、曾良珍（母）、广元（长兄）

后排左至右：广还（次兄）、广益、广远（四弟）、广淼（五弟）

校友首聚

——贺印度尼西亚雅加达中华中学、巴城中学广州校友会成立

题记：1985 年 4 月 21 日，印度尼西亚雅加达中华中学、巴城中学广州校友会成立，是日两校校友在越秀山南音餐厅举行成立大会，约有 150 名校友参加。

改革开放春风暖，新事筹办众开颜。

二十一日四月天，校友齐赴越秀山。

母校一别数十载，分飞各地如劳燕。

相见兴奋恍隔世，不信艳景现眼前。

别时容易见时难，一朝聚首话不完。

南音餐厅无南曲，笑语欢声满厅间。

曲虽已终人不散，三五成群续交谈。

从此校友心连心，每年一聚不间断。

注：补作于 2022 年 3 月 31 日。

与部分校友合影（1985 年 4 月 21 日摄于广州）

前排第九为笔者

入　党

题记：1950 年下半年，经介绍加入雅加达新民主主义同志会，简称"新民会"（中国共产党印尼支部，简称印尼侨党，于 1947 年建立的秘密外围组织）。在该组织领导下，余曾任两届巴城中学学生会主席（1951 年 1—12 月）以及后来远赴坤甸到振强中小学任教职。1985 年 7 月 1 日，余参加在中山大学梁銶琚堂举行的隆重的入党仪式，并高声朗读入党誓词。

早年曾跟组织走，学运侨教献初心。

返国将近三十载，接受锻炼未后人。

跟党同心不迷航，研究教学立场稳。

右手握拳口宣誓，终生奋斗主义真。

注：2022 年 3 月 18 日补作于中山大学康乐园。

雨中从化游

题记：1987 年 8 月 9 日，与表弟曾令仪一家等雨中同游从化有感。

从化景美，早有所传；假日乘兴，老少同欢。

沿途风光，尽情赏玩；一路驱车，语声舒展。

回归塔心，日运测观；南北分线，身立其间。

一路风雨，无所阻拦；登高眺望，顶峰易攀。

一池平镜，湖心俯瞰；天湖美景，尽收眼帘。

猢狲四散，游兴增添；瀑布直泻，蔚为奇观。

宜人景色，温泉宾馆；水中阁楼，天上人间。

溪流水库，雨中艇泛；青山浮动，烟炊绕岚。

大坝雄伟，游客赞叹；一举多收，灌饮发电。

大雨倾盆，迎扑船舷；寒风袭身，坐立难安。

孩童聪颖，移坐后间；滚滚波涛，目送渐远。

老少游罢，兴犹未减；衣衫淋湿，游子心甘。

注：修改于 2022 年 3 月 24 日。

此心天地明

题记：1987年8月中旬接表兄李桂荣自陕西三原来函有感。在我辈中，桂荣兄较早返国深造。1957年暑假，余北上度假时，适值他从北京师范大学中文系毕业，彼此只匆匆相见一面。后方知他被分配到陕西省三原某中学任教，直至终老当地。

一别三十载，年逾半百身。

兄弟关山隔，未断思念情。

当年风华茂，才气贯长虹。

叱咤学子界，往事记犹新。

返棹为贡献，此心天地明。

委屈寻常事，望兄一笑泯。

所喜身心健，儿女皆成人。

明月有圆缺，穗城翘首迎。

注：作于1987年8月18日；2022年3月28日补题记。

海印桥赞

　　题记：海印桥为连接越秀区和海珠区的过江通道大桥。始建于1985年7月，1988年12月27日建成通车。1983年余调来广州中山大学后，目睹此桥的修建过程，故甚为关切。建成后余常到越秀区访亲友，亦爱步行过此桥，饱览珠江两岸景色。广州现有18座跨珠江的大桥：海珠桥、珠江大桥、人民桥、广州大桥、洛溪大桥、海印大桥、解放大桥、江湾大桥、番禺大桥、华南大桥、东圃大桥、鹤洞大桥、丫髻沙大桥、金沙洲大桥、琶洲大桥、猎德大桥、新光大桥和黄埔大桥。

　　几回漫步海印桥，心旷神怡兴致盎。

　　巨大竖琴江上架，高奏改革新乐章。

　　镶眼羊角云霄插，笑迎五洲客四方。

　　极目南北景色秀，两岸楼宇披盛装。

　　注：作于1990年6月2日；2022年4月3日补题记。

花园城市赞

题记：1990 年 11 月 4—11 日，应新加坡南洋学会之邀，首赴新加坡参加"迈向二十一世纪的海外华人社会"国际学术研讨会，为自己终于有机会赴此花园城市而感到高兴。

花园城市世所闻，
自由港口连西东。
经济崛起震亚太，
华夏后裔建奇功。
昔年北归心似箭，
无缘登岸睹市容。
斗转星移三十载，
今日始酬当年梦。

注：作于 1990 年 11 月 7 日；2022 年 4 月 10 日抄清并补题记。

笔者在莱佛士雕像前（1990 年 11 月摄）

学子聚狮城

——贺新加坡南洋学会成立五十周年

题记：新加坡南洋学会成立于 1940 年 3 月 17 日，创办人为刘士木、李长傅、张礼千、关楚璞、郁达夫、姚楠及许云樵等知名学者，是东南亚华侨最早研究南洋社会等课题的学术团体，并出版学术刊物《南洋学报》。

莘莘学子聚狮城，共庆学会年天命。

宏论高谈华社事，廿一世纪展新容。

社团组织跨国境，经济崛起气势虹。

同化融合分层进，祖根难断亦料中。

注：作于 1990 年 11 月 7 日；2022 年 4 月 13 日抄清并补题记。

首赴菲律宾

题记：1991年11月5—11日，应菲律宾德拉萨大学（De La Salle University）中国研究中心和菲律宾华裔青年联合会（Kaisa Para Sa Kaunlaran Inc.）之联合邀请，与国内数位同行结伴首赴菲律宾，参加"变化中的东南亚族群认同和关系国际会议"（The International Conference on：Changing Ethnie Identities and Relations in Southeast Asia）。在会议前后，主办方均安排了一些参观活动。事后感触良多，故补作此诗，以志此行。

一

东洋有国菲律宾，一水之隔是近邻。
自古闽人常来往，贸易定居结为亲。
明代来了西班牙，三百余载强占领。
天主教堂遍处建，居民皈依上教廷。
民众反西争断锁，远隔重洋美殖民。
竭力推行新教育，西班牙语让英文。
战后重光再立国，保防投美结联盟。
华文教育严限制，华人谋生日艰辛。
乌云驱散艳阳日，中菲建交传喜讯。
人民往来添新彩，学术交流提日程。

在著名的王彬街前留影（1991 年 11 月摄）

由左至右：李国樑、陈乔之、周南京、谭天星、温广益

二

南航架起友谊桥，离穗两时抵菲京。

华友热情来迎接，下榻私宅情意深。

次日即访华人区，走遍中菲友谊门。

王彬街①、亲善门，菲华携手团结门。

黎刹被誉菲国父②，亲生母亲为菲人。

其母遗址今犹在，华人区内嵌铜铭。

访过华人居住区，再访华校察详情。

中正学院遇校友③，侨中学院如家亲。

拉刹大学会学子，主人好客送暖情。

自助餐上献文娱，中国歌舞华裔演。

学术研讨未揭幕，全体肃立国歌咏。

学者来自美中澳，印尼文莱日马新。

华人认同何趋势，各抒己见发宏论。

融入同化难阻挡，祖根难断亦常情。

会后先览博物馆，天主教堂细看清。

华侨社区巴里安④，尚有昔日旧王城。

华人义山位郊区，遐迩闻名吸游人。

生前富贵未享尽，死后仍分富与贫。

华人豪宅夜间访，门卫森严查明身。

室内宽敞似宫阙，后院丛林绿草坪。

华裔妇女乐参政，女强辈出感触新。

菲华相处已数代，我中有你难分清。

官员人民皆友好，似曾相识如雅城⑤。

交通拥挤难思议，吉尼超载大道行⑥。

离菲返穗仍遐想，多方接触不虚行。

遥祝经济大发展，贫富悬殊逐抚平。

①罗曼·王彬（祖籍福建晋江池店）是菲律宾华裔商人和慈善家，曾帮助菲革命者对抗西班牙和美国在菲的殖民统治。为表彰他对菲律宾的贡献，1915年马尼拉市议会将马尼拉华人聚居区主干道沙克里蒂亚街命名为王彬街。1973年和1974年先后在王彬街树立王彬铜像和纪念碑，供后人瞻仰。

②黎刹（Jose Rizal，1861年6月19日至1896年12月30日）高祖父名叫柯仪南，是来自福建晋江市罗山镇上郭村的贫困农民。1896年12月30日，黎刹被西班牙殖民当局处死，罪名为"通过写作煽动人民叛乱"，菲律宾独立后被正式尊为"国父"，并将其遗骸从华侨义山侧移葬至马尼拉湾畔黎刹公园，立纪念碑。

③时任校长邵建寅为厦门大学机电工程学系 1947 年毕业生，祖籍厦门鼓浪屿，乃我辈之老学长。

④巴里安（Parian），西班牙语，市场之义。

⑤初访菲律宾时，使余感到马尼拉之市政建筑、民情风俗等颇似印度尼西亚首都雅加达，难免引起怀旧之情，而此时余辞别雅城已 35 年矣。

⑥吉尼（Jeepny），由"二战"时美军留下的吉普车改装而成的公交车，其装饰华丽，颇富热带民族之特色，常超载，但在市区大行其道，然余等均不敢搭乘也。

注：补作于 2003 年 2 月 13 日。

在义山逝者建筑前留影（1991 年 11 月摄于马尼拉华人义山）

印度尼西亚探亲旅游题诗七首

题记：1994 年 1—2 月，余有幸前往印度尼西亚探亲，回到了"第二故乡"，见到阔别近 38 年的亲友，游览了一些名胜古迹，心情颇为激动，感触良多，题诗七首，以志此行。

会亲友

复交额手庆，银鹰架桥梁。
一别卅八载，束装返次乡①。
相见情意激，聚首叙衷肠。
本是同枝出②，为志各四方。
岁月催华发，事业喜有章。
天涯若比邻，长虹越海洋。

①次乡即第二故乡。"二战"前东南亚华侨喜称当地为第二故乡。犹记 1956 年 6 月离别印尼时，需到当地移民局按 10 个指模并申明永不返印尼，没想到 38 年后，我等竟能以旅游者的身份回来，能不为之感慨乎？
②指我们都是巴城中学的校友。

首游雅加达与亲人在独立纪念碑前合影

（1994 年 1 月摄于雅加达）

从左至右：李春英、李勤英、温广益、李莲英

沙冷岸山城即景

湖水平如镜，雾霭绕山巅。

青松耸天立，万籁寂无言。

山城沙冷岸，别墅缀其间。

奇花遍庭径，异卉点田园。

日丽无酷暑，细雨入秋寒。

天堂何处有，似在此山峦。

笔者在山城沙冷岸湖光山色前留影（1994 年 1 月摄于沙冷岸）

与家人沿湖畔策马代步（1994 年 1 月摄于沙冷岸湖前）

日惹城夜景素描

夜幕初罩日惹城，保罗繁街华灯升。
汽车马车三轮车，分道穿梭忙不停。
商家盘点刚收市，小贩陈席店铺前。
游人乘兴席地坐，各款佳肴任君品。
年轻歌手沿街走，自弹吉他唱流行。
更有画家显身手，即兴为君描神韵。

登婆罗浮屠①大佛塔

婆罗浮屠世所闻，魂牵梦萦书画中。

驱车数日登此塔，今日始圆当年梦。

佛教衍生雕四壁，博大精深栩如生。

鬼斧神工世人叹，人民智慧信无穷。

①婆罗浮屠（Borobudur）被誉为古代东方的四大奇迹之一，治印尼古代史者不可不到此一游。大佛塔建于信奉金刚乘佛教的夏连特拉家族征服信奉印度教的珊查耶（Sanjaya）家族后在中爪哇的统治时期，约为782—812年。塔占地1.5公顷，原高42米，现高31.5米，基层长宽各123米，约用100万块石块，计5.5万立方米。大佛塔历经沧桑，后于1983年全面修复。据云，此塔全称为 Bhumi Sambhara Bhudhara，意为"到达菩萨境界的十地合德之山"。

登婆罗浮屠大佛塔 （1994年2月摄）

游布蓝班南

布蓝班南鲜人知，工程浩大不逊罗[①]。

奉祀三神[②]立庙宇，印度教中崇湿婆。

废墟散堆八十顷，修复未知时几何[③]。

他日再现原群体[④]，轻装再访爪哇国。

[①]"罗"指"婆罗浮屠"。

[②]三神指罗摩、湿婆、毗湿奴。

[③]布蓝班南建筑群体始建于856年，是信奉印度教的珊查耶家族的后裔在战胜夏连特拉家族后，为消除大乘佛教的影响而兴建的。它占地达80公顷，大小庙宇共250座，主座8个庙宇已于1953年修复，余者仍呈废墟状，散堆于各原址，令游人惋惜。

[④]2002年8月26日，余随旅游团重游布蓝班南，散堆的古建筑材料废墟堆砌未修复，看来以后也难按原貌修复矣，惜哉！

与布蓝班南建筑群合影（1994 年 2 月摄）

在布南班南废墟堆前留影（1994 年 2 月摄）

谒三保庙

巨石洞内供三保，三保原名叫郑和。

昔年出使下西洋，英名流传爪哇国。

中印关系源流远，五百年前似玉帛。

和本使臣后人祀，数间庙宇势巍峨。

谒三保庙（1994 年 2 月摄）

夜访金德院^①

雅城古刹金德院，三百年前立市廛。

汉传佛教随南渡，落地生根还心愿。

十九世纪私塾兴，明城书院在此衍。

早年华人遇刑事，砍斩鸡头起誓言。

几经沧桑数世纪，庙宇完好气非凡。

除夕乘兴前察访，香火旺盛人头攒^②。

夜访金德院（1994年2月摄于雅加达）

①金德院约始建于 1650 年，其创办人为如松大师和振耀大师。它不但是华人祈求神明保佑的神圣之地，19 世纪还在此办过私塾，重视华人子弟的教育，而且早年华人之间发生纠纷如遇刑事案件时，在上荷兰殖民法庭前还需要先来此斩鸡头起誓言。

②据《星洲日报》（2015 年 3 月 3 日）报道，是年 3 月 2 日凌晨 3 时许，金德院失火，至上午 9 时左右才被扑灭。大火烧毁了 40 多座院里所供奉的佛像及圣座礼堂，所幸已有 300 年历史的观音塑像及其他重要文物被救出，惜哉。整理至此，相信时至今日，此名刹早已修复如初吧。

注：诗作定稿于 1994 年 3 月 19 日；2022 年 5 月 14 日加注。

首赴台湾（组诗）

一

台湾自古我领土，两岸人民常往返。
明末一度荷侵占，成功收复逐荷兰。
康熙年间复一统，巩固海疆重拓建。
甲午战败国屈辱，东洋帝国强霸占。
日占统治半世纪，抢夺奴化民生艰。
抗日军兴遍地燃，台湾重光民开颜。
神圣领土毋置疑，台湾恢复省制建。
学术交流创新意，海峡两岸无阻拦。

二

题记：1996 年 8 月 23—26 日，余等有幸应邀赴台，参加由台北"中央研究院"近代史所和华侨协会总会联合举办的"华侨与孙中山先生领导的国民革命"学术研讨会。

首赴台北情意浓，同文同种易沟通。
下榻南港中研院，学子相聚如亲朋。

学术研讨辛亥事，华侨奋力鼎孙文。

民国创建赖群力，革命之母立首功。

同行敬业相切磋，相互尊重畅评论。

空隙瞻仰胡适墓，缅怀五四擎旗人。

会余驱车观故宫，国宝精品妥保存。

台北繁荣似广州，似曾相识行路人。

市廛热闹游人织，车水马龙不夜城。

多方关照情深切，经港返穗心难平。

注：此诗作于 2003 年 2 月 9 日；2022 年 5 月 21 日补作一并加二之题记。

参加"华侨与孙中山先生领导的国民革命"学术研讨会（1996 年 8 月摄于台北）

右三为笔者

在胡适公园留影（1996 年 8 月摄于台北）

瞻仰胡适墓（1996 年 8 月摄于台北）

紫荆盛开迎牡丹（组诗）

忆往昔

百年魔怪舞翩跹，冲南闯北仗船坚。
鸦片背后藏利炮，香岛滩涂扎营盘。
舰上签约逼割让，山河破碎民倒悬。
黄河呼唤香江水，破璧何日得重圆。

迎回归

雄鸡高唱天下白，人民作主坐江山。
港人治港眉吐气，一国两制万人赞。
九七回归大喜日，京港南北一线牵。
百年奇耻今朝雪，紫荆盛开迎牡丹。

注：1997 年 3 月 16 日为迎接香港即将回归而作；2022 年 5 月 24 日略作修改。

1=C 4/4　　紫荆盛开迎牡丹　文逸 词曲

稍慢 深沉

（6.1563｜3 － 3.2｜12 17 6 －）

6.1563｜5 35 6 －｜535 6.15｜53 21 3 －
百年魔怪舞翩跹，冲南闯北仗船坚。

6 6 1 23 1｜23 17 6 －｜12 35 3 61｜54 3 － －
鸦片背后藏利炮，香岛涂扎营垒。

1 1 61 · ｜23 543 －｜3235 3 23｜17 6 － －
舰上签约通割让，山河破碎民倒悬。

mf
66 616｜2 216 －｜35 153 3｜56 － －
黄河呼唤香江水，破壁何日得重圆。

（6.66 6.66｜61 21 23｜3 － － 32 17｜6 － － －）
效快 快

1 1 61 62｜1 23 － －｜23 216 2｜21 6 － －
雄鸣高唱天下白，人民作主坐江山。

3235 3 23｜1 3 － －｜33 353 2｜75 6 － －
港人治港扬眉吐气，一国两制万民颂赞。

mf
6 1 21｜61 56 3 －｜3 2 21｜35 6 －
九七回归大喜日，京港南北一线牵。

6.1 53｜21 3 －｜35 61 23｜15 6 －‖
百年奇耻今朝雪，紫荆盛开迎牡丹。

注：作于 2022 年 5 月 25 日。

香港街头即景

题记：2006年11月，因私赴港（已是第16次），偶与友人漫步热闹街市，因所见皆高楼大厦，令人头晕目眩，不敢仰视，友人戏曰，此乃"水泥森林"。返穗后有感于香港的繁华和奇特，续成此诗。

都说国际都会，地球这角特况。

到处高楼大厦，人称水泥森林。

人沿墙角蠕动，不敢仰视楼群。

白领神情凝重，蓝领行色匆匆。

车辆川流不息，宛如车水马龙。

各国美食任选，饮食林林总总。

百货琳琅满目，物欲横流盈充。

假日休闲去处，首选购物中心。

圣诞大节前后，各店结彩张灯。

入夜恍如白昼，中西文化交融。

各色人种杂处，游客摩肩接踵。

车声人声乐声，令人震耳欲聋。

更有菲印女佣，对港情有独钟。

假日欢聚一角，共享精彩人生。

注：作于2006年12月15日；2022年6月14日抄清。

访香港（1996 年 8 月 30 日摄）

香港一角（2006 年 12 月摄）

喜迎澳门回归

曝晒渍物强租占，两朝昏聩丧河山。

葡据澳门四百年，漫漫长夜何时旦。

雄狮奋起震寰宇，南海双珠相继还。

前岁紫荆花怒放，今年荷莲花争艳。

注：作于 1999 年 8 月 3 日。

澳门妇女联合会赞

题记：2002 年 11 月底，应澳门妇女联合会的邀请，本人随中山大学夕阳红合唱团，赴澳门演出，并与之联欢，有感而作。

濠江巾帼展风华，迎难排困日壮大。

无私奉献为公益，品高质洁似莲花。

与时俱进半世纪，儿女豪情世人夸。

携手见证回归日，爱澳尤爱我国家。

注：作于 2003 年 1 月 4 日；2022 年 6 月 27 日抄清并补题记。

赴澳门演出，欢唱颂歌《梭罗河》（2002 年 11 月 30 日摄于澳门议事亭前地临时搭建的舞台）

紧跟新时代

——为中山大学建校七十五周年而作

中山亲手创，为国育英才。

七十有五载，精英遍四海。

勤学复敬业，奋勇朝前迈。

再创辉煌绩，紧跟新时代。

注：作于 1999 年底；2022 年 8 月 9 日抄清。

关于学习外语

——与中山大学东南亚研究所师生共勉

题记：2001年，在东南亚研究所部分师生要求下，我发挥余热，给他们第一次开设"印度尼西亚语基础知识"课程。后作此诗，以为相互鼓励之意也。

中华崛起寰宇震，学习外语势在行。

研究交流经常事，多门外语神志清。

读音语法常卡壳，一日不读又返青。

勤读勇说勿怯虑，持之以恒事必成。

注：作于2001年4月18日；2022年8月10日补作并抄清。

"印度尼西亚语基础知识"课程第二次开课时留影（2011 年 6 月摄于中山大学永芳堂内）

前排左三为笔者

中山大学夕阳红合唱团之歌（歌词）

题记：中山大学夕阳红合唱团成立于1987年，余于退休后的次年，即1994年4月应邀加入该团。2003年3月改名为"中山大学老教授合唱团"。

美丽的珠江河畔，蓬勃的康乐校园；

阳光绚丽，洒满庭院。

青竹耸立，红棉盛绽；

绿草如茵，百花吐艳。

我们一群离退休教职员，

情趣相投，豪情未减，

创立夕阳红合唱团。

老有所乐，老有所学，老有所为，

乐观进取，是我们共同的心愿。

啊，

忆往昔峥嵘岁月，

我们曾无私地将青春年华贡献。

看今朝欣逢盛世，

我们纵情高歌，

祖国富强，人民幸福，

神州处处喜换新颜。

注：作于2002年1月17日。

清平乐·中大美

题记：为纪念中山大学创立 79 周年而作。

马岗顶俏，珠江水滔滔。青竹迎风起舞飘，红棉盛绽含笑。

中山直插霄汉，永芳张臂扬帆。怀士伫立凝视，群宇雄踞庭园。

注：作于 2003 年 11 月 10 日。

推翻帝制　振兴中华

——纪念伟大的革命先行者孙中山先生诞辰一百四十周年

晚清积弱，守旧因循；民生凋敝，科技不振。

一人听政，万马齐喑；祖法不变，扼杀维新。

东邻崛起，觊觎我领；列强窥伺，豆剖瓜分。

有识之士，忧心忡忡，人民数亿，亟需唤醒。

推翻帝制，共和为政；一代伟人，方向指明。

发动侨胞，支援革命；组织政党，唤起民众。

数次起义，领导躬亲；广州起义，碧血丹心。

武昌首义，全民响应；千年帝制，一朝结终。

窃贼袁氏，逆潮而动；二次革命，风起云涌。

军阀当道，国难一统，屡遭失败，不避艰辛。

召开一大，联俄联共；誓师北伐，矢勤矢勇。

振兴中华，追求毕生；人民铭记，伟绩丰功。

改革开放，神州巨变；迎来盛世，国运昌隆。

先生夙愿，历百四秩；巍然屹立，世界强林。

注：作于 2006 年 6 月 23 日。

争创一流大学

——欢庆中山大学建校九十周年

革命风雷激荡，穗城热土繁忙。

革命不忘读书，读书革命不忘。

南方最高学府，伟人亲手缔创。

名师荟萃执教，学子勤奋向上。

学问思辨笃行，十字校训引航。

立志要做大事，振兴中华毋忘。

抗日解放改革，历经磨炼更强。

革命科学开放，铸就精神力量。

培育学子万千，成就祖国栋梁。

欣逢九十大庆，万众欢呼高唱。

争创一流大学，迎接前程辉煌。

注：作于 2014 年 9 月 27 日。

一步一足印

——欢送孙女芳琪赴美作交换生

题记：2008 年 8 月 9 日，亦即北京奥运会开幕式后的次日，孙女芳琪乘飞机前往美国俄亥俄州辛辛那提报到。

选送交换生，当惜赴美行。

首次出远门，生活自艰辛。

学习须刻苦，目标认得清。

前途在脚下，一步一足印。

注：作于 2008 年 10 月 2 日；2023 年 1 月 16 日抄清。

展翅翱翔

——为孙女中山大学毕业合影题诗

身披学士袍，头戴大方帽。

芳琪初长成，娉婷试比高。

留照怀士堂，意欲展翅翱。

立志做大事，百尺竿头超。

注：作于 2010 年 7 月 18 日。

孙女温芳琪中山大学毕业，在怀士堂前合影（2010 年 6 月摄）

在怀士堂前留影（2010 年 6 月摄）

左起：温挺、温广益、温芳琪、李勤英、唐翔

国际都会折桂

——送孙女负笈纽约读博有感

题记：1991 年 8 月，送次子首赴美读硕；2013 年 8 月送长孙女赴美读博，相隔 22 年也。2006—2010 年，芳琪在中山大学社会学系本科求学期间，于 2008 年 8 月获赴美国迈阿密大学社会学系三年级作交换生学习一年，知难而进，机会难得，诚可敬佩。2010—2012 年，芳琪获香港科技大学社会学系录取读硕，于 2012 年 11 月获社会科学硕士学位。而后，2013 年 8 月，赴美读博。送芳琪，有感而发。

往昔送子赴美，今又送孙留美。
时隔二十余载，自豪感慨难寐。
本科毕业中大，学科所属社会。
中间赴美交换，知难而进可佩。
继而进港科大，读硕顺利堪慰。
港穗相距咫尺，亲友关怀至备。
早已胸有成竹，终于再次赴美。
读博负笈纽约，国际都会折桂。

注：作于 2013 年 9 月 10 日。

贺国关学院乔迁之喜

题记：喜闻 2020 年 8 月下旬国关学院迁入珠海校区海琴 6 号新址，有感而作。

南海之滨宏图起，海琴六号巍峨立。
一步一印齐努力，国关学院今胜昔。
诸君今朝迎盛世，国家富强乃前提。
筑好新巢必引凤，一流人才定可期。

注：作于 2020 年 8 月 24 日。

咏红棉

三月春暖早，红棉竞上梢。

朵朵斗艳丽，争将春来报。

远观朝霞升，俯瞰朱唇笑。

羊城百花盛，此花独领骚。

注：作于 2004 年 3 月 24 日。

再咏红棉

题记：我宅位于五楼，朝南阳台前有株木棉树，树龄已有数十年。每年逢春，木棉花必发，可凭栏俯瞰，小发数十朵，大发五六十朵，有时上百，非常引人注目，美不胜收。

木棉花开三月天，早开迟发树梢间。

朵朵绽放红艳艳，喜报南粤春满园。

朝观有如红云降，夕眺红霞重彩添。

路人经过仰头望，我凭窗栏俯首瞰。

花谢花落数周后，嫩叶竞吐枝头展。

绿意盎然覆盖日，周而复始又一年。

注：作于 2015 年 4 月 9 日；2022 年 9 月 13 日抄清。

三咏红棉

木棉开花循次序，有先有后不同时。
先开先谢乃规律，后开鲜艳不失迟。

注：作于 2017 年 3 月 12 日。

校园紫薇花赞

题记：紫薇花又名满堂红，我国是其原产地之一，在广东、广西、福建、江苏、山东和云南等地都有生长和栽种。有云，此花的花期有三个月，故有"百日红"之美称。然中山大学康乐园的紫薇花自五月下旬开始绽放，一拨又一拨，直到十一月始谢落，故令人另眼看待。

紫薇花开色素红，东一簇来西一丛。

每年五月下旬日，百花开过我登临。

不求富贵与显赫，温婉柔和飘清馨。

一拨过后又一拨，十一月底始歇停。

注：作于 2022 年 6 月 3 日。

喜见电梯今开工

轰隆隆，轰隆隆，电梯终于今开工。

七八年前即提出，诸多磨难始圆梦。

三十年前建此楼，吾等刚届六秩龄。

五六层次风光好，上下阶梯气仍顺。

岁月一晃三十载，仍居此楼度余生。

当年邻居半数去，我等已是九秩人。

久居康乐情难舍，唯愿理想存心中。

电梯建好观世界，最盼神州国一统。

注：作于 2022 年 8 月 16 日。

喜看新生军训

题记：每年新生入学，均可看到一拨又一拨的年轻学子在南校区西大操场接受军训。他们生龙活虎地出现在操场，顶着烈日，从严认真地完成各种训练。他们汗流浃背，口渴难耐，但意志坚强，坚持到底，在锤炼自我意志、培养家国情怀的人生道路上迈出坚实的一步。他们认真的场景，令人感动，余也为祖国建设后继有人而高兴。故特作此诗，以为勉励。

旭日初照，西大操场；平日此时，晨运正忙。
乐声四起，曲调悠扬；挥扇舞剑，跑步背阳。

九月开学，新生上岗；学军锻炼，任务首当。
群群新兵，身着军装；鱼贯而入，散布操场。
系旗猎猎，学子千上；几十一群，上百成方。
接受训练，群情激昂；秩序井然，严格遵章。
一二三四，步伐铿锵；此呼彼应，喊声雷响。
小步正步，仔细有章；持枪抢棒，有模有样。
训练闲暇，你拉我唱；此起彼伏，军歌嘹亮。
平时胆怯，此时胆壮；热情洋溢，放声高唱。
穗城白露，高照艳阳；汗流浃背，意志坚强。
学习军训，相得益彰；他日召唤，奔赴沙场。

人生一世，路途漫长；家国情怀，此情不忘。
百年变局，猝不及防；献身为国，千古流芳。

清平乐·羊城美

题记：中信广场，落成于1997年，位于广州市天河区新城中心，包括1幢80层摩天大厦——中信大厦，2幢38层附楼和4层作为商场的裙楼等。主楼高达391米，是当时中国最高的建筑。

白云山高，珠江水滔滔。蓝天彩云万里飘，红棉盛绽含笑。

中信直插霄汉，群桥飞架两岸。会展中心迎客，地铁穿梭北南。

注：作于2003年7月12日。

喜乘地铁

昔年赴港乘地铁，安全舒适又快捷。

隆隆声中心神驰，地龙抵穗何年月。

斗转星移十余载，羊城今亦有地铁。

车站且设家门口，上街访友无阻截。

改革开放逢盛世，未感古稀年已届。

更喜优待高龄客，分文不收任乘接。

注：作于 2003 年 7 月 11 日。

羊城酷夏

每年六七八，羊城热难耐。

晴空无彩云，阳光直照晒。

出门寻树荫，见檐躲步迈。

老人睁细眼，孩童涨红腮。

返宅一身汗，湿衫贴胸怀。

昔日靠扇转，于今空调开。

注：作于 2003 年 7 月 18 日。

也赞白衣天使

题记：事隔约一年，进入冷冬季节，广州又陆续出现"非典"（SARS）病例，经专家研究，染源来自果子狸、獾和狢等野生动物。广东人爱吃野味，有这个需求也就有人以捕捉或饲养此类野生动物为生。经此一疫，想问：为了我们自己，也为了他人，吃野味的陋习难道还不舍得放弃吗？

并非因为时下出现了"非典"，
你的美名才引起人们的惦念；
早在数十或上百年前，
你的光辉身影就已在医疗战线展现。
但在这非常时期和特殊时艰，
你的美称却更令人感到熠熠耀眼。

去冬今春当人们还沉浸在节日的祥和气氛而快欢，
南粤大地突如其来爆发了前所未有的疫情灾难；
人们惶恐不安，对事态感到茫然，
纷纷备醋戴口罩严加防范。

疾风知劲草，在这严峻险关，
你们放弃了佳节团圆、家人团聚之欢；
你们绰约的身影又再次展现在公众面前，

默默无闻，夜以继日，战斗在救死扶伤的第一线。

明知此疫易于传染，

你们义无反顾，对病人精心护理无悔无怨；

在这场无硝烟的战斗间，

你们之中有人因此倒下，但重于泰山。

崇高圣洁的白衣天使啊，

人们向你们致以崇高的敬意，并将永远怀念。

注：作于 2004 年 1 月 10 日。

珠江两岸观国际龙舟竞赛

题记：2004 年 6 月 26 日（农历五月初九），广州举行国际龙舟赛。是日也，人民桥至解放大桥河段百舟竞发，热闹非凡。与往昔不同者，此次有农家女和国际友人参加，因有感，续成此诗。

年年端午赛龙舟，珠江水面欢悠悠。
凭吊屈子千余载，忧国爱民传千秋。
今岁赛舟胜往昔，百舟竞发争上游。
巾帼披装显身手，不让须眉勇夺筹。
更有黑白外籍人，劲儿十足喊不休。

注：作于 2004 年 6 月 28 日。

广州塔赞

题记：广州塔又称广州新电视塔，昵称"小蛮腰"或"海心塔"。兴建于 2005 年 11 月 25 日，正式开放于 2010 年 9 月 30 日，塔身主体高 450 米，天线桅杆高 150 米，总高度为 600 米，目前其高度世界排名第五。

古人建塔因佛兴，多少趣事传至今。
埋藏舍利为镇寺，登高翻译传经文。
今人建塔为播闻，集多功能于一身。
游乐购物品美食，且爱比高展世人。
广州塔高居华首，今排世界第五名。
绰约身姿远近现，广州地标十拿稳。
塔身外形轻弯扭，上下宽阔中束身。
百姓昵称小蛮腰，亭亭玉立踞海心。
塔中设有长栈道，犹如漫步在太空。
旋转餐厅高空转，更有最高摩天轮。
天线桅杆最高处，垂直升降冲霄云。
高台远望最惬意，览尽美景满羊城。
精彩时刻夜幕临，流光溢彩闪华灯。
千家万户争艳丽，众星拱月我引领。

注：作于 2022 年 10 月 17 日。

行天下

中共建党八十周年颂

三山压顶民生聊，工农兄弟苦煎熬。

十月革命炮声响，马列主义我先着。

五四运动民觉醒，科学民主呼声高。

马列政党应时立，指引航程灯塔照。

斗转星移八十载，功绩卓著世称道。

国强民富江山固，破壁重圆归港澳。

改革开放民心顺，振兴中华在今朝。

更喜经济起飞日，昂首阔步入世贸。

注：作于 2001 年 1 月 15 日。

满江红·中共建党八十周年颂

十月革命，炮声响、震撼寰宇。看神州，工农奋起，建党七一。八一南昌义旗举，工农红军从此立。勇长征，直北上抗日，驱顽敌。

战南北，如卷席；共和国，顶天立。涤污浊，奋力发展经济。恢复联合国席位，港澳回归圆破璧。更开放、攀登高科技，迎新纪。

注：作于 2001 年 1 月 16 日。

美梦今朝圆

题记：我国"神舟五号"飞船于 2003 年 10 月 15 日顺利飞上太空，绕地球 14 周后，复于 16 日在内蒙古某地成功着陆。是日（16 日），适值余在眼科医院首做右眼白内障摘除与植入人工晶体之手术，术后肉眼从电视机清晰地看到上述壮观情景，内心异常兴奋激动，有感而作。

嫦娥奔月神话篇，有去难还终抱憾。
千年已逝复千年，古人美梦今朝圆。
载人神舟遨九天，利伟英名寰宇传。
举国上下齐欢庆，接回嫦娥时不远。

注：作于 2003 年 12 月 11 日。

历史教训永铭心
——欢庆抗日战争胜利六十周年

走向军国主义

东洋有国称日本，一衣带水为近邻。
明治维新兴改革，强国道路迈步进。
武士道风姿意刮，经济战车急转型。
欲占亚洲行霸道，军国主义影随形。

称霸亚洲

强割台湾作跳板，继沦韩国为殖民。
九一八侵东三省，七七全面掀战争。
一二七炸珍珠港，侵东南亚势不停。
痴心建立共荣圈，取代昔日老殖民。

害人者害己

千万生灵遭涂炭，烧杀掳掠无止境。
民不聊生苦煎熬，百业萧条陷凋零。
铁蹄踏处民奋起，抗日烽火遍地兴。
反法西斯大团结，本土终遭两弹惩。

铭记历史教训

八一五高举双手，无条件投降自省。

星移斗转六十载，往事历历记犹新。

前事不忘后事师，与邻友好保和平。

今日欢呼庆胜利，历史教训永铭心。

注：作于 2005 年 3 月 21 日。

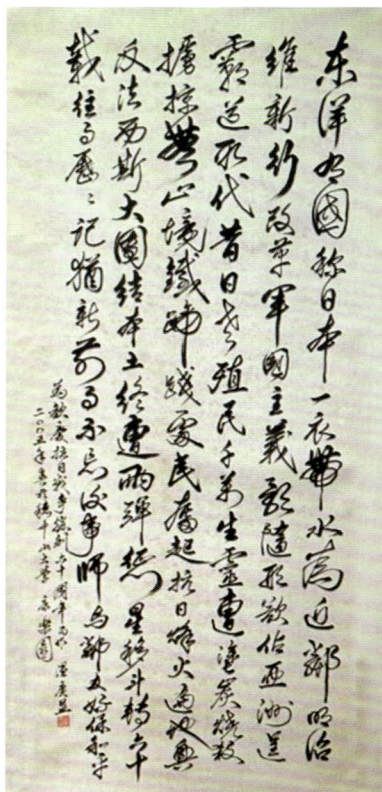

历史岂容任篡改

——纪念抗战胜利七十周年

一

抗战胜利七十年，往事历历浮眼前。

隔海有邻称日本，与我一衣带水间。

盛唐以来常来往，为官中土亦不鲜。

精深文化起仰慕，取长补短润周边。

鉴真东渡弘佛法，中华文化广流传。

元代海征遭风折，未损前好情一片。

有明一代频倭患，祸殃仅及偏东南。

二

磕磕碰碰进近代，一起一落生邪念。

明治维新渐崛起，脱亚入欧心态变。

人心不足蛇吞象，殖朝侵华掠台湾。

欲征中国先满蒙，挑起九一八事变。

日军阴魂影随形，摇旗呐喊启战端。

欲征世界先中国，再挑卢沟桥事变。

侵入平津占南京，滥杀无辜三十万。

奴役掠夺占领区，扶植傀儡伪政权。

攻城略地无止境，妄建东亚共荣圈。

国家建设大倒退，人民饱受空前难。

生死存亡到关头，全民奋起齐抗战。

原子炸弹落两地，神伤沮丧喊终战。

抗战最终获胜利，死伤三千五百万。

经济损失千亿计，放弃赔款德报怨。

三

斗转星移七十载，沉渣泛起丑剧演。

修正历史蒙人民，新上政权急右转。

"侵略"从未有定义，"解放东亚"是非颠。

强征随军慰安妇，妄言人蛇强拐贩。

屠杀掠夺抛脑后，奢言战后大"贡献"。

参拜"神社"祀战犯，军国幽灵隐约现。

不满"屈辱"自卫队，"拓展"有赖急修宪。

人民眼亮岂可侮，大喝三声不容骗。

悬崖勒马回头岸，肆虐亚洲不复返。

注：作于 2015 年 5 月 7 日；于 2015 年 10 月 28 日再作。

毋忘国耻

一

甲午惨败，颜面扫尽；割地赔款，举国震惊。
腐朽落后，必然挨打；亡国灭种，触目惊心。
仁人志士，奔走呼号；前仆后继，救亡图存。

二

东洋得寸，热衷战争；亡我之心，从不稍停。
九月十八，东北占领；七月七日，全面入侵。
继而发动，珠港战争；联军奋起，终遭灭顶。

三

斗转星移，两个甲子；军国阴魂，又现东瀛。
修宪拜鬼，历史否认；陈年故伎，手法翻新。
奉劝右翼，形势认清；和平发展，取信近邻。

注：作于 2014 年 3 月 12 日。

游龙门石窟

佛教东传立稳跟，石窟文化伴随兴。
敦煌云岗与龙门，石窟艺术存至今。
龙门石窟景色秀，树木葱郁相掩映。
两山东西相守望，伊水悠悠山脚行。
远眺恍如天幕落，奉先诸神采照人。
但见大佛卢舍那，含笑睿智瞰众生。

注：作于 2006 年 9 月 16 日。

观兵马俑

题记：2006年8月20日，与眷属来到西安郊区的骊山山麓，参观秦兵马俑博物馆，返穗后有感而作。

精兵悍将神昏昏，掩埋荒烟坑谷中。
千年过去又千年，何时始能展雄风。
三十年前某一日，抗旱掘井数米深。
骊山山麓现瑰宝，石破天惊撼世人。
地下兵团浮水面，再示华夏古文明。
嬴政生前巧布阵，一业带动百业兴。

注：作于2006年9月18日。

喜迎奥运家门口

受挫志更坚，申奥终获办。

圣火点燃日，五洲齐腾欢。

虽有跳梁丑，欲阻圣火传。

劣行世人谴，蚍蜉撼树难。

圣火神州行，五环迎风展。

人民翩跹舞，盛世眼前现。

奥运家门口，百年梦今圆。

喜迎五洲客，古都展新颜。

注：作于 2008 年 5 月 17 日。

多难兴邦

八级地震袭汶川，山崩地裂楼房坍。

山体滑坡巨石落，道途阻塞通信断。

数万百姓遭灾殃，困压瓦砾急待援。

百万灾民无家归，余震不断生计艰。

领导亲赴第一线，指导抗灾民心暖。

"灾情就是命令"，"时间就是生命"。

一方有难八方援，军民抢救无阻险。

天兵天将灾区降，空投物资解民难。

快捷有序安灾民，多难兴邦千古传。

注：作于 2008 年 5 月 24 日。

神七问天

首办奥运，举国腾欢。

精彩纷呈，世人赞美。

帷幕刚落，神七飞天。

神州大地，再次腾欢。

三人结伴，独步空间。

浩茫宇宙，直呈眼前。

科研探索，不断发展。

登月幻梦，为时不远。

注：作于 2008 年 10 月 4 日。

建国一甲子颂

建国六十年，旧貌换新颜。

国强民且富，小康眼前展。

执政民为本，民生列优先。

社会趋和谐，法律显尊严。

经济接世轨，科技追前沿。

一洗病夫号，体坛勇登攀。

两岸频互动，交流释前嫌。

各族团结紧，欢乐满人间。

注：作于 2009 年 5 月 23 日。

喜迎世博

奥运刚举办，世博接踵开。
北京与上海，相距登舞台。
国人情豪迈，世人称精彩。
中华在崛起，始信已到来。

奥运十六日，一洗病夫号。
世博续半年，摘去贫弱帽。
科技导发展，引领世新潮。
城市与自然，融合更美好。

中国屹世界，五洲聚沪城。
足不出国门，万国皆览尽。
文化精且博，馆馆彩纷呈。
全球迎和谐，环保益生灵。

注：作于 2010 年 5 月 5 日。

迎亚运

题记：第 16 届亚运会，2010 年 11 月 12—27 日在我国广州举行（汕尾、佛山和东莞协办）。广州成为继北京之后中国第二个取得亚运会主办权的城市。开幕式与闭幕式均于海心沙广场举行。运动会举办前，珠江两岸和市区通衢大道等主要建筑已装饰一新，羊城一朝蝶变。

蓝天缀白云，繁花簇似锦。

羊城披盛装，伸臂迎四邻。

凌霄海心塔，袅娜展倩影。

雄踞海印桥，翘首奏竖琴。

南越古都城，振身变市容。

海丝始发地，馆所如春笋。

体育竞技起，虎跃蛟龙腾。

有朋远方来，异语发同声。

激情亚运会，活力广州城。

注：作于 2010 年 9 月 6 日。

改革开放扬高帆

——纪念邓公南方谈话二十周年

东欧剧变令目眩，苏联解体一夜间。

版图色变终难阻，颜色革命续不断。

神州大地何从去，人心焦虑问苍天。

二十年前春暖日，邓公南下发鸿篇。

改革开放永不渝，社会主义道路宽。

中国不能瞎跟乱，一片灾难谁承担。

港澳回归国昌顺，长治久安民所盼。

经济接轨入世贸，世界工厂五洲赞。

接触往来谋双赢，两岸关系新发展。

社会不公勤平抚，改革事业扬高帆。

注：作于 2012 年春。

嫦娥奔月期不远

——贺神九发射成功

六月十六大好日，神舟九号又升天。

载人航天行对接，天宫舱内展实验。

神九成功发射时，举国上下齐腾欢。

航天事业难垄断，有人不快神黯然。

中国人民强不息，自主研发高尖端。

他日建立空间站，嫦娥奔月期不远。

注：作于 2012 年 6 月 22 日。

造福人类　共享资源

——祝贺新年伊始成功发射嫦娥四号探测器

嫦娥四号，飞身上天。

绕过月球，登陆背面。

玉兔嫦娥，携手并肩。

鹊桥之功，赢得赞叹。

两器互拍，发回地面。

地表清晰，坑洼可见。

茫茫宇宙，秘而可探。

华夏儿女，大步迈前。

他日取回，宝藏矿产。

造福人类，共享资源。

注：作于 2019 年 1 月 20 日。

礼仪之邦永不落

——孔子办私学有感

孔办私学创先河，传道授业又解惑。

弟子三千庭若市，贤人七二堪称模。

课开六艺承正统，华夏文明继启拓。

儒家思想耀神州，礼仪之邦永不落。

注：作于 2020 年 9 月 10 日，为庆祝我国第 36 个教师节有感而作。

北京冬奥会赞

冬奥焰火耀五洲，声光影电传全球。

运动健儿鱼贯出，世界名曲伴步奏。

嘉宾政要高台坐，见证盛会此刻秀。

小号悠扬颂祖国，少年高奏好兆头。

奥运会歌原文唱，山区孩童真情流。

饮食服务从空降，设施完善世追求。

高铁护送赛场地，壮丽山河任君浏。

桀犬吠尧发无损，奥运精神众志酬。

注：作于 2022 年 2 月 9 日。

旅美抒怀

题记：三度旅美，感触良多，续成此诗，谨志此行。

异国他乡，不同中土，人殊言异，风情万种。
东部沿岸，沃野千里，十又三州，情似英伦。
路旁住宅，错落有致，典雅静谧，美奂美轮。
民风严谨，彬彬有礼，相见招呼，扬手问讯。
尼亚瀑布，气势磅礴，不舍昼夜，流泻奔腾。
壮哉纽约，都市风范，华尔大街，自由女神。
波市费城，史册扬名，北桥枪响，自由钟声。
国会山庄，华府白宫，纪念碑塔，高耸入云。
西部茫野，荒漠峡谷，牧场棋布，飞瀑丛林。
民风随和，不拘礼节，随遇而安，移民率从。
旧金山市，洛杉矶城，建设猛进，直追美东。
金门大桥，飞架海面，车辆穿梭，气贯长虹。
拉斯维加，娱乐博彩，游人如鲫，昼夜不分。
迪斯尼园，儿童乐土，好莱坞城，影傲群雄。
立国之初，西荷英法，纷至沓来，侵占殖民。
大地之主，印第安人，屡遭驱杀，蹙地萎人。
建国之初，崇尚自由，独立宣言，揭示平等。
国体选择，共和民主，总统民选，三权鼎分。
开发种植，引进黑奴，种族歧视，于焉发轫。

东西阻隔，亟需铁路，造桥铺路，招募华工。

建国双百，国强民富，君临天下，一极独尊。

发明创造，倍受奖励，科技一流，荟萃精英。

公路遍布，状似蛛网，出门驱车，无处不通。

商场庞大，人称摩尔，购物饮食，多能集中。

以销促产，超前享受，订物邮寄，不出家门。

生于安乐，未知世艰，枪支泛滥，社稷不宁。

上梁未正，下梁亦歪，生活方式，质疑世人。

与世相处，我为中心，民主高唱，标准双重。

偏见傲慢，报道失实，新闻自由，价值受损。

军事基地，世界遍布，好战立国，世人惶恐。

反恐扩大，先发制人，弱国侧目，冷看横行。

顺我者昌，逆之者亡，无视公法，欺世盗名。

人权标榜，各族平处，反对歧视，道远任重。

注：初作于 1999 年 3 月 9 日；补作于 2002 年 7 月。

異國他鄉不同中土人殊言異風情異種...

旅美诗作（组诗）

题记：2001 年 7 月至 2002 年 6 月因探亲，第三次旅美。期间，再次经历了北美四季的变化，游览了罗德岛上的各式豪宅等。闲暇无事，且思人生，另有所感，故续成以下诗作，并试为古诗词谱写乐曲。

舍伍德路住宅区景色

环居皆树郁葱葱，舍伍德路贯区中。
十户九室遥相望，典雅静谧邻里融。

北美四季歌

春回大地
草木吐绿发嫩芽，枝头鸟语入我家。
暮春乍寒还降雪，艳丽牡丹压群花。

夏日休闲
题记：波士顿夏日举办"鸭游"（Duck Tour），即驾大巴水陆游，游客可乘水陆大巴体验陆上行驶、湖中航行，甚为惊奇，亦深受游客青睐。

夜短日长耀大地，儿童尽情外嬉戏。
海滩公园水陆游，各色人种如江鲫。

秋色绚丽
南飞雁声划破空，劲吹秋风染林红。
无边落叶萧萧下，万里碧天云呈纷。

冬日雪景

旧雪未融新雪积，雪压冰来盈满尺。

瓦楞草地白皑皑，枝丫光秃无鸟迹。

游罗德岛豪宅

假日驱车罗德岛，祖孙三代荡浩浩。

豪华邸宅当年起，引得游人趋如潮。

室内装修似宫阙，屋外无际绿茵草。

大西洋浪拍滩岸，百年古树参天高。

豪宅之主今安在，徒让后人空凭吊。

寓美箴言

题记：一二十年来，我国有文化的年青一代新移民来美国者日多，他们在此学习、工作、成家、立业，因与他们多有接触，有感而作。

学贯中西，沟通华美，融入社会，待人以礼。

勤勉自励，乐观进取，默作奉献，回馈社会。

遇事冷静，沉着处理，不争先后，把握机遇。

饮食合理，锻炼身体，诸事繁忙，健康第一。

子女教育，置于首位，高瞻远瞩，投资智力。

注：2002 年 5 月 27 日作于美国马萨诸塞州北安托沃旅次。

这个小孙女（瑞琪）与其祖父特别投缘（2001年夏摄于住宅前）

祖孙三代合影（2001年冬摄于住宅前）

暇日休闲到苹果园摘苹果（2001 年夏摄于马萨诸塞州某地）

狼烟再起波斯湾

狼烟再起波斯湾，先发制人逞炮坚。

罔顾世民呼和平，绕过联国践公宪。

速战速决未奏效，军旅逐渐陷泥潭。

不见伊人夹道迎，却尝人肉当炸弹。

仗不顺来内部怨，南方战线日漫漫。

耍尽大棒胡萝卜，北方战线开辟难。

不义之战天公怒，沙尘风暴漫天卷。

质疑准确高科技，超级市场挨炸弹。

杀死一人当凶手，炸亡成百荣升官。

平民伤亡日惨重，残酷战争何日完。

如此反恐难济事，示威游行日蔓延。

反战呼声卷全球，早日撤军悔莫晚。

注：作于 2003 年 4 月 14 日。

为古诗词谱曲

静夜思 〔唐〕李白 词
文逸 曲

1=C 4/4

（3 5 3 2 | 2 3 3 -）

|: (3 5 6 i | 6 i 2 3 | 3 - - - | 2 3 2 i 2 i 6 i 6 5 6 5 | 3 5 6 i 2 3 3 |

i - - -) | 3 5 6 i 5 - | 6 i 5 3 2 - | 3 5 6 i 2 - | 2 i 6 5 i - | 5 3 - - |
床前明月光，疑是地上霜。举头望明月，低头思故乡。啊，

2 3 2 i - - | 3 7 - - | 6 7 6 5 - - | 3 5 6 i | 2 - - - | 2 i 6 5
明 月，啊，故 乡！举头望明月，低头思故

结束句
i - - - :| 3 5 6 i | 2 - - - | 2 i 2 3 | i - - - ‖
乡。举头望明月，低头思故 乡。

题记：孟郊（751—814），唐代著名诗人，苦吟诗人代表，湖州武康（今浙江德清县）人。《游子吟》是他居官溧阳时所作。他早年漂泊无依，一生穷困潦倒，46 岁时才中进士，50 岁时得溧阳县尉卑微之职，把母亲接来同住。他饱尝世态炎凉，此时愈觉亲情可贵，故写出这首发自肺腑、感人至深的颂母之诗。由于此诗关切而真诚地歌颂了既普通又伟大的人性美——母爱，故千百年来引起无数读者的共鸣。

注：作于 2018 年 5 月 19 日。

题记：清明节属于我国四大传统节日之一（其他为春节、端午节和中秋节）。这一天，人们把怀念逝去的先人（祭祀）和踏青赏花（迎春）交织在一起。每逢清明时节，人们心里总会默念流传已千年的杜牧《清明》诗，但迄今似仍未见有人为此不朽诗作谱曲，故试勉力为之。

No.

Date.

1=F 或 G 4/4　　**清明**　〔唐〕杜牧　词
　　　　　　　　　　　　　　　　　文逸　曲

（6 6 5 6 7 6 — | 7 6 5 6 5 3 — | 6 1 2 5 3 2 — | 7 3 5 6 7 6 —）

6 6 5 6 7 6 — | 3 6 5 6 5 2 3 — | 3 6 1 5 3 2 — | 1 3 2 1 6 5 6 —
清明时　节　雨纷　纷，路上行　人　欲断　魂。

1 1 6 2.3 1 — | 1 6 1 2 3 — | 5 3 5 2 3 2 1 | 2 1 6 5 6 —
借问　酒家　何处有，牧童遥　指　杏花　村。

（6 1 2 3 2 3 5 6 | 1 2 3 5 3 6 — | 3 5 5 6 7 — | 6 7 6 5 3 7 7 6 |
6 — 0 0）‧ 6 6 5 6 5 3 — | 3 6 1 3 2 — | 1 3 2 3 2 1 6 —
　　　　　　　　　　　　　清明时　节　雨纷　纷，路上行　人

7 3 5 6 7 6 — | 6 2 2 1 2 3 — | 5 6 5 3 — | 2 1 2 3 5 —
欲断　魂。借问啊酒家　何处　有，牧童遥指

ᵐ3 — 7 — | 6 — — — ‖
杏　花　村。

注：作于 2019 年 4 月 5 日。

注：扊扅（yǎnyí），今作"门闩"。父粱肉，为父者吃好粮好肉，儿子却哭着喊饿。夫文绣，为丈夫者穿绣花纹的锦衣，而妻子却帮人洗衣。

百里奚的故事发生在春秋初期，离今已有 2600 多年。

百里奚（约前 725—前 621），虞国（今山西平陆北）人，经历坎坷，饱经磨难。百里奚原为虞国大夫，晋献公假途伐虢后，虞国灭亡，他作为秦穆公夫人陪嫁奴隶送到秦国。百里奚逃离秦国，跑到楚国宛邑。秦穆公用五张黑羊皮将他从市井换回，从此百里奚成为秦国大夫，人称"五羖大夫"。百里奚主持秦国国政期间，倡导文明教化，使秦国成为春秋五霸之一。

游巴厘岛有感

久闻世外有桃源，巴厘胜景遐迩传，
当年束装匆北返，未得一睹美玉颜。
只缘同窗情谊深，中印友好谱新篇。
半世过后登此岛，昔日梦幻今日圆。
山川秀丽景如画，海水清澈白沙滩。
宗教崇尚仍依旧，民风淳朴依似前。
兴都庙宇处处见，壁雕木刻技精湛。
古老艺术今犹在，狮与剑舞代相传。
顶花少女群祭祀，宛如仙女飘下凡。
日出日落波涛涌，神奇造化堪赞叹。
野生群猴闹悬崖，悠闲海龟戏浅滩。
各色人种相杂处，浴海冲浪享自然。
游罢归来仍神驰，十月惊爆震心田。
霸权宗教两冲突，人类相残何时完。
安得山河常秀丽，人民安居此乐园。
信仰维持独风格，淳朴习俗传万年。

注：作于 2003 年 1 月 3 日。

"狮与剑" 舞（2002 年 8 月 28 日摄于巴厘岛）

夫人李勤英（左二）与年轻舞者合影（2002 年 8 月 30 日摄于巴厘岛）

西加儿女赞

——读《西加风云》有感

题记：《西加风云》由和平（林世芳）编写，以回忆录和访问录等形式汇编成集，再现了 1965 年 "9·30" 事件后，印度尼西亚历史发生的重大转折。政府由原来的反帝反殖路线，变为反共反华排华路线，西加革命儿女不堪凌辱，在印尼共产党（有大量华人参加）领导下，联合北加人民军（华人为主，此前在反马来西亚斗争中已有所接触）反对苏哈托政权的压迫，在印度尼西亚广袤的土地上打响了全国武装斗争第一枪。故事真实动人，他们在深山老林中与政府军周旋，克服了各种困难。在坚持了 7 年（1967—1974），个别队伍坚持了 11 年（1967—1978）后失败，但他们（不少是华人女性）为争取自由民主而和强权斗争的精神，直可惊天地泣鬼神。林世芳 1945 年出生于西加村镇大院（Tayan），1963 年毕业于坤甸振强高中（第五届），现居雅加达，从事华文教育。其书清样通过她的同学钟健胜带来送余阅读，阅后甚为感动，故作此诗以表敬佩之情，并代序。

西加儿女真英豪，刺刀面前不动摇。

生命爱情诚可贵，自由尊严价更高。

凌辱偷安难度日，逼入绝境反虐暴。

生活艰苦志不改，正义事业肩上挑。

战友关爱互勉励，友族掩护甩追剿。

大义凛然法庭辩，留得清白众笑傲。

乌云总有驱散时，威权统治有尽潮。

民主政治花开日，族群和谐艳阳照。

注：作于 2010 年 4 月 19 日。

梭罗河之遐想

题记：《梭罗河》（*Bengawan Solo*）印度尼西亚歌曲，词曲者葛桑（Gesang，1917—2010）系梭罗当地的一位中学教师，此曲创作于 20 世纪 40 年代初。日占印尼时期（1942 年 3 月至 1945 年 8 月），广为流行。

民谣妙曲梭罗河，原系当地教师作。
日占时期常播放，委婉动听众生乐。
五十年前传中国，歌手吟唱成名歌[1]。
未曾亲睹实抱憾，河水波涛可清澈。
身在爪哇无缘游，返国更是情趣索[2]。
焉知四十余载后，终游梭罗观此河。
草木丛生景象乱，河水缓流混且浊。
凭栏江心放眼望，涟漪转悠遐想多。
红楼梦里爪哇国，远隔重洋未识何。
行商贸易出此港，航行四海何处泊？
香料珍奇国人爱，摆设庭院成奇货。
斗转星移数世纪，中国东盟结好伙。
设立自由贸易区，互惠双赢共优渥。
此时再吟梭罗河，长江之歌心中和。
两地交往源流远，汉语见证载史册。

[1]20 世纪 50 年代，印尼的文艺团体来华进行文化交流，曾将此歌曲以及《哎哟妈

妈》《哈啰万隆》《宝贝》《星星索》等歌曲带到中国，后经歌唱家刘淑芬等的演唱而广为流行。

②1956年余回国前只去过三宝垄一游，惜未到过梭罗。

注：作于2011年5月25日。

唱了几十年的《梭罗河》今日终于来到你身边（2002年8月摄于梭罗河畔）

凭栏远眺梭罗河，河水缓流混且浊，疑是涝季来临（2002年8月摄于梭罗河护栏旁）

印尼迁都　再展宏图

题记：获悉，印尼迁都已确实提上议事日程。2022 年 1 月 18 日，印度尼西亚国会已通过法案，将首都从雅加达迁至东加里曼丹，并命名此选地为努山塔拉（Nusantara），且准备于 2024 年 8 月 17 日在新首都举办建国 79 周年庆典。

消息传来，人心振奋。

雅加达，如果从 1619 年荷兰殖民者占领并随后被确定为群岛的贸易中心和统治中心算起，迄今已有近 400 年的建都史。它早已不是昔日的小渔村、小通商港口，而是发展成为人口超千万（如果包括周边城镇的大雅加达地区，其人口已超过 3000 万）的东南亚第一大城市、世界第二大都市圈。

在繁荣的背后，随之而来的是人口、交通、经济等问题日益显现，加之北边地面逐渐下沉，一些地区经常水灾为患（通往国际机场的一段路有时简直就是涉水而过），空气严重污染，涌入城市谋生的人群背依建筑物筑巢而居……经济发展已难持续，如果再不迁都，政府工作难开展，民众生活面临诸多不便。

迁都工程耗资巨大，但是为了子孙后代，为了国家经济发展、特别是地广人稀的东加里曼丹等东部地区经济的发展，为了再展宏图，印度尼西亚人民做了这个决定。

有感于本届佐科政府挺身而出，把自 1957 年苏加诺时期就已提出的迁都建议付诸实施，特写此诗篇，以示点赞和祝贺！

雅城昔称噶啦吧^①，地处印太两洋间。

原为西爪一商港，通商各国广结缘。

十七世纪殖民起，一六一九荷殖占。

易名巴达维亚城，欲建贸易中心站。

广招闽粤各商旅，经之营之数百年。

巴城崛起为重镇，华人不少流血汗。

水利工程多地设，码头铁路相继建。

现代楼馆平地起，海运公路日发展。

西欧之风日东渐，各族麇集生齿繁。

广大农民仍躬耕，反殖斗争日蔓延。

一九四五巨雷响，印尼独立向世宣。

荷兰卷土又重来，独立战火遍地燃。

殖民统治大势去，无可奈何交政权。

一九四九凯旋日，雅城回归都重建。

总督府变总统府，大兴土木建机关。

族群涌入寻生计，人口日增控制难。

总统首提迁都事，那是一九五七年。

首选帕朗卡拉亚^②，地广人稀少灾难。

迁都工程耗资大，磨破嘴皮举步艰。

一届过去又一届，议而不决事搁耽。

人口膨胀上千万，交通拥堵办事难。

北区下沉道浸水，空气污染日益严。

政经发展偏爪哇，东部兴起迈步慢。

长此以往民心散，建国初心何实现。

六十岁月一晃过，又临二零一七年。

总统重提迁都事，相关部门启调研。

打铁趁热数年后，国会终于立法案。

群岛又将再启航，雄伟宏图眼前现。

①即 Sunda Kelapa。1527 年淡目国穆斯林首领率众打败葡萄牙殖民者的舰队，收复了此地，曾改名为 Jaya Karta，简称 Jakarta。

②即 Palangkaraya，原为中加里曼丹省省会。

注：作于 2022 年 2 月 20 日。

叙年华

同窗重逢感赋

题记：喜闻厦门大学历史系 1960 届同学拟于 2000 年 10 月团聚，纪念毕业四十周年，有感而作。

襄昔负笈聚芙蓉，同窗四秋情谊深。
师长教诲铭心刻，学成分赴各西东。
光阴荏苒四十载，回首已迈耳顺龄。
育人立说均有就，今宵重逢情更浓。

注：作于 1999 年 12 月；2022 年 6 月 27 日抄清。

喜迎厦门大学建校八十周年

题记：返厦门大学参加历史系 1956 级入学五十周年纪念活动，还受到物理系 1957 级同学盛情款待。

嘉庚亲手创，为国育英才。
荒滩起黉舍，群贤八方来。
莘莘众学子，求知不懈怠。
勤学复敬业，良风传四代。
春秋八十载，百花迎春开。
校园展宏图，精英遍四海。
再创辉煌绩，攀峰阔步迈。

注：作于 2000 年岁末；2022 年 7 月 10 日抄清。

《喜迎厦门大学建校八十周年》书法作品展示（2006 年 10 月 23 日摄于厦门大学）

与老同学郑学檬一家小聚（2006 年 10 月摄于厦门大学）

办学升级　迈向国际

——贺厦门大学建校百年

自强之声，不绝耳际；落后愚昧，难于立世。
国力孱弱，列强环伺；教育强国，华侨有责。
百年之前，华侨旗帜；嘉庚先生，奔走呼吁。
疏财兴学，正值其时；南方之强，厦门屹立。
历经磨难，百折不回；有识之士，前赴后继。
抗战爆发，弦歌仍起；薪火相传，长汀迁徙。
校长本栋，身体力行；南方清华，良师济济。
因陋就简，师生心齐；文脉传承，迎来胜利。
全国解放，迎来转机；五大建筑，拔地而起。
五六那年，政策南暨；大批招入，归侨学子。
华侨函授，海外回馈；南洋研究，国内首立。
下厂下乡，淬炼意志；囊萤映雪，学习第一。
凤凰树下，民兵红旗；跃进歌声，彼伏此起。
校园沸腾，紧跟形势；四年培育，终身受益。
工农及兵，那年七一；首进学府，忘我学习。
走出校门，接近地气；深入工农，初心永记。
百年厦大，蝶变华丽；芙蓉湖畔，高楼耸立。
百年树木，郁郁葱翠；高端人才，为国效力。
漳州翔安，新校原味；马来西亚，分校设立。
培育人才，回馈当地；办学升级，迈向国际。

注：作于 2021 年 4 月 6 日。

贺文艺专业老学员聚首厦门大学

　　题记：厦门大学受福建省政府委托，于 1971 年三四月间创办教育系文体专业，招入一批工农兵学员，为省内中小学培养文体师资。我有幸于下放期间调回厦门大学，出任声乐教师，与他们相处两年余，结下深厚的师生情谊。

又临人间四月天，恰逢建校百周年。
文艺专业喜重聚，庆贺入学五十年。
神州蝶变转华丽，景色秀美满校园。
轻步曼舞叙别意，吹拉弹唱情不减。
人生难得几回聚，未敢话别相互间。

　　注：作于 2021 年 4 月 18 日；2022 年 7 月 24 日抄清。

聚首于半世纪后

——欣闻巴中1952届校友将聚首有感而作

巴城负笈未能忘，中学同窗六载长。

五二毕业南北散，两地别情心中藏。

共砚情深未稍减，校舍虽失常交往。

友谊长存似日月，半世聚首诉衷肠。

注：2002年4月作于美国马萨诸塞州北安托沃。

清平乐·巴中赞

联中初办，课室数处散。奔走教学无人怨，切磋琢磨乐见。

校董师生齐心，黉舍次第落成。勤读奋进遵纪，爱校敬业献身。

注：作于 2005 年 7 月 16 日。

清平乐·校友喜相聚

题记：2005 年 8 月 21—22 日，5000 名海内外巴中学子欢聚雅加达，举行"纪念巴中建校六十周年联欢会"，盛况空前。

六十庆典，雅京喜相见。聚会苦嫌时日短，欢声笑语不断。

巴中情结悠悠，携手旧地重游。时以佳肴款待，只盼远客久留。

注：2005 年 9 月 3 日作于雅加达。

与小学同学喜相聚

　　题记：2005 年 8 月 26 日，何亮奇同学出人意料地在雅加达广东酒家设宴，与 1946 年毕业于华侨公学的十多名同学叙旧，大家情绪激动。60 年后才得一见，有感而作。

楼馆设宴久难忘，少年同窗聚一堂。

欢声笑语忆往事，华侨公学情谊长。

弹指一挥六十载，相见两鬓白如霜。

不是亮奇来号领，旧梦难圆各一方。

但愿别后多珍重，他年再聚诉衷肠。

　　注：作于 2005 年 10 月 31 日。

又聚羊城叙华年

题记：生活在广州、香港和雅加达三地的前巴中校友于 2014 年 9 月 14 日在假广州大酒店举办纪念母校建校六十九周年联欢会。

建校艰难敢为先，师生齐心力无边。

从无到有创奇迹，培育英才唯奉献。

悠悠六十又九载，又聚羊城叙华年。

回眸当年英姿发，笑应人生勇向前。

注：作于 2014 年 7 月 10 日。

而立之年仍奋进

——贺两校校友会成立三十周年

题记："两校校友会"是 1985 年 4 月 21 日在广州成立的"印度尼西亚雅加达中华中学、巴城中学广州校友会"的简称。把印度尼西亚华侨办的两个中学的校友联合起来组成一个校友会，可说是个创举，而两校校友几十年在一起和谐相处和共同活动，亦属不易。

两校携手聚羊城，平稳走过三十春。
你中有我常相助，我中有你两不分。
高朋满座数年会，精彩纷呈激人心。
凝聚校友赖会讯，资料信息久弥珍。
各地校友勤互动，雅港两地声气通。
团结联合气势大，分届活动亦温馨。
而立之年仍奋进，继任自有领头人。

注：作于 2015 年 2 月 28 日。

此情绵绵无限延

——参加两校校友会第 33 次年会有感

又值春暖花开时，校友聚首东湖畔。

欢声笑语充厅室，寒暄畅叙又一年。

越秀创会犹似昨，风华正茂把手牵。

三十又三瞬息逝，古稀耄耋弹指间。

两校携手堪称范，雅港校友伸手援。

轻歌曼舞意未尽，此情绵绵无限延。

注：作于 2017 年 5 月 12 日。

轻歌曼舞迎年会

——两校校友会第 35 次年会侧记

五月羊城花遍地，姹紫嫣红醉人迷。
又值两校年会日，无虑年迈前相聚。
老友相见话不绝，问寒问暖情绪激。
握手交谈刹那间，一切尽在无言语。
轻歌曼舞一出出，侨味甚浓韶华忆。
道道佳肴相继上，边食边赏边品味。
校友不分中与老，台上尽展绰约姿。
更有年轻女歌手，高歌一曲献桌席。
年会年年有新意，与君再度卅五禧。

注：作于 2019 年 5 月 15 日。

校友再聚有感

题记：2023 年 5 月 26 日，经过三年多的沉寂，两校校友会终于决定召开顾问、理事及联络员会议。是日上午，不断传来他们假暨大招待所聚会议事，并乘此聚餐的各项活动身影和欢声笑语，还传来桌上摆列的许多印尼美食照，浏览照片之余，有感而作。

又见校友聚半堂，欢声笑语撼心房。
三年未见仿隔世，急趋拥握诉衷肠。
桌上美食似久违，令人垂涎欲品尝。
九十老叟心有意，岁不饶人徒叹伤。
校友情深难挥去，唯望珍重保健康。

注：作于 2023 年 5 月 26 日。

归侨吟

生长于异域他壤，情思系中土家乡。

受中华文化教育，盼祖国繁荣富强。

当年神州在召唤，离亲别友束行囊。

关山重洋难阻隔，投奔母怀浪盖浪。

生活艰苦无怨悔，初衷情怀未稍忘。

报效祖国志不改，几经砥砺迎难上。

数度春秋逢盛世，国富民强夙愿赏。

六十周年大庆日，千歌万颂国运昌。

注：作于 2009 年 4 月 21 日。

贺坤甸振强学校创建百年

西加有坤甸，坐落赤道线。
卡江兰达河，相汇灌其间。
雨多气候宜，物丰鱼虾鲜。
椰胶树挺拔，汉湾多果园。
国人南移此，相继数百年。
经商复开发，小城日渐繁。
巴城办新学，侨社风气变。
坤甸紧随后，办学赖侨贤。
振强学校立，光绪卅三年。
几经世风雨，薪火代相传。
教学复育人，行行出状元。
后虽遭封禁，育才近百千。
辞旧接新纪，迎来百周年。
昔日众学子，相聚笑开颜。
往日情难忘，喜约谱新篇。
但愿人长久，千里共婵娟。

注：作于 2006 年 6 月 1 日。

他日黉舍展峨巍

——贺坤甸振强三语学校奠基

六六大地起风雷，华校惨遭辣手摧。

莘莘学子何处去，无书再读诚可悲。

威权统治被鄙弃，多元文化众崇推。

三语学校渐次建，西加良贤急速追。

振强学子身影现，挥锹铲土奠基围。

江山代有人才出，他日黉舍展峨巍。

注：作于 2018 年 4 月。

印尼归侨学子之歌

椰风蕉雨是我们出生的地方，
华侨教育曾哺育我们成长。
祖国荣辱安危系我心弦，
共和国建立让我们充满希望。

抗美援朝、向科学进军、第一个五年建设计划号角吹响，
辞别父母亲友，惜别可爱的第二故乡。
一批又一批赤子远涉重洋，
回到伟大祖国的怀抱、扎根四面八方。

为祖国明日崛起专心把学上，
锻炼意志、接近工农、进厂下乡。
红专辩论激励我们不忘初心，
学好本领、服务人民，心中有朝阳。

我们不计名利、服从分配、迎难而上，
到西北到东北，甚至远赴西藏与新疆。
跋山涉水寻找油田宝藏，
与工人兄弟一道劳动，同住一个工地厂房。

三尺讲台奋笔疾书站好岗，

教书育人培养后代勇担当。

传道授业又解惑，

师生情谊深且长。

退而不休奉献余热，

再登讲台发挥专长。

耄耋之年仍关心国内外大事，老有所学，老有所为，

整理旧作补缺历史，切莫虚度大好时光。

光荣属于过去，

百年梦就在前方。

让生活充满喜悦与阳光，

展望神州崛起东方环球共荣共享！

注：作于 2022 年 4 月 16 日。

品往昔

七十抒怀

题记：余作此诗，实受先父《自题》诗之影响，因念其诗着力表现晚年之凄寂，欲反其意，使进入老年之际，仍保持乐观进取之心情也。

昔谓七十古来稀，于今已是不为奇。
政商活跃飞南北，学子著说显功力。
总结人生握机遇，老有所为仍记取。
体能衰退终难阻，从心所欲不逾矩。

注：作于2002年旅美期间。

附：

自题

不觉七十至，登场入古稀。
发白颜容劣，写看目力微。
作举怯粗重，疑滞靠友师。
刻薄身边累，亲爱远别离。
妻眼双解膜，齿牙亦全非。
老丑相为命，供养困庭围。

幸脚宜早步，一口喜斋期。

世趣既乏味，唯有三皈依。

晨晚礼功课，常从寺外归。

知己乐清净，陶然共忘机。

　　　　　　庚戌春玉记（育先）自题

　　　　——录自 1970 年 4 月 12 日父亲自雅加达来信

　　注：1956 年 6 月与父母雅加达一别，不觉已有十余年，其晚景凄寂，自可理解；此前甚少见父亲有诗作留世，故录之以为怀念也。

迈古稀再自题

头发若披白絮，脸庞漫布褐斑。

身躯微显发福，牙齿真假难辨。

眼睛双双解膜，观远清晰似前。

畏光烈戴色镜，细读写求稳慢。

做一事难持久，出远门怕流连。

有来客强应酬，求清静难遂愿。

忆往昔为观今，有感必发留言。

报刊电视必看，针砭时弊未闲。

闲时挥毫弄墨，吟诗作诗均兼。

爱唱歌练声气，乐晨运不间断。

迈古稀仍学习，补国学勤耕练。

注：作于 2004 年 12 月 17 日。

老年自励

古今中外，人生在世，长则逾百，少则数十。

岁月无穷，寿有止期，寸光寸金，当自珍惜。

生命不息，不停学习，学海无涯，须争朝夕。

饮食起居，保持规律，琐事再忙，晨运不弃。

社会活动，适度参与，尽力而为，切勿索取。

宽厚容忍，乐观刚毅，晚节必保，追求真理。

世事纷纭，争妍斗奇，心态平和，坦诚不渝。

浮躁世风，横流物欲，独善其身，审时度势。

关心时事，俯察寰宇，勿荒业务，分清是非。

学而时问之，不知老之将至。

注：作于 2012 年 4 月 29 日。

八十抒怀

不觉八十至，信步迈耄耋。
身心尚称健，齿疏容颜劣。
每日勤晨运，体康心自洁。
活动少参与，学习仍自觉。
旅游已乏味，独爱在家歇。
闲暇整诗词，传世续不绝。

不时展歌喉，心态时调节。
时事仍关心，报刊必览阅。
名利置身外，淡泊似冰雪。
有朋远方来，诚待两相悦。
爱国情豪迈，壮怀仍激烈。
有幸逢盛世，莫叹空悲切。

注：作于 2012 年 10 月 9 日。

长寿新赞

——步他人打油诗有感而作

七十已非古来稀，八十仍视小老弟。

九十数来刚开始，百岁似当可预期。

医学昌明人长寿，盛世关爱老有为。

无忧生活话幸福，寿星俱增遍神宇。

注：作于 2013 年 8 月 10 日。

八八抒怀

牛年迎米寿①，心平似明镜。身居康乐园，开阔且清新。

起居循有序，饮食重均衡。晨起必锻炼，四套定完成②。

家务尽力做，少依靠他人。新冠疫情起，宅居求康宁。

世趣既乏味，足不出远门。子孙半海外，联系赖微信。

立足另世间，自强谋上进。老伴疾缠身，透析已十春。

可视惜不清，照顾需细心。幸赖子孙贤，送接一条龙。

风雨无阻挡，节假上路程。平生爱学史，资料积累勤。

时局倍关注，参考阅至今③。歌唱仍首爱，新曲录保存。

钢琴置室内，闲暇爱弹弄。微信择优览，视频少而精。

朋友圈缩小，知己有几人。治国理政好，额手感党恩。

脱贫收官日，小康亿众迎。天堑难阻隔，高铁九州通。

湾区宏图起，直追数先行。展望百年计，信心冲霄云。

有幸逢盛世，不忘昔初心。中华复兴日，人类共命运。

①2021 年为我国农历辛丑年，本人出生于 1933 年，迎来八十八米寿。
②指退休后多年来自编的四套健身操。
③指《参考消息》。自 1956 年上大学时开始阅读，迄今已有 60 余年，甚感获益良多。

注：作于 2021 年 2 月 7 日。

奔九遇艰辛

奔九岁月颇辛艰，两腿乏力步蹒跚。

足不出户逾半载，上下楼梯登天难。

去冬腿侧生痈疽，今夏疱疹半身缠。

所幸头脑尚清醒，时事学习不辍断。

霸凌盛暑仍横行，妖风刮台冷眼看①。

不信肆虐无终日，国势衰退期不远。

①2022 年 8 月 2 日，不顾中国人民的强烈反对和警告，美国众议院议长佩洛西在黑灯瞎火下窜访台湾，伤害中美关系，引起中国人民的强烈不满！

注：作于 2022 年 8 月 6 日。

亲家情难忘

题记：我们的亲家唐国斌、徐铭，湖南、湖北人也。早年参军，扛枪抗敌为人民；离休后寓居广州德政北路干部休养所，离中大康乐园不远，故常互动。

君居干休德政北，我寓宅区康乐园。
君曾扛枪为人民，我站讲台育学研。
子女成婚结亲家，从此往来频不断。
逢年过节常互贺，你来我往情意绵。
更难忘高龄庆寿，湘鄂高朋围满宴。
高举杯觥筹交错，起坐喧哗充厅间。
目睹儿孙日成长，复兴中华铭心田。
辞别世趣有先后，此情不忘儿孙延。

注：作于 2023 年 2 月 12 日。

第一次从美国探亲回来，途经香港，即与香港亲家小聚（1995 年 9 月 4 日摄）

前排右起：陈文秀、李勤英、温广益、侯澄（第 6 人）

与广州亲家热闹团聚（2002 年 10 月 2 日摄）

前排右起：徐铭、唐国斌、温广益、李勤英

退休生活自题

不觉六十至，自感体尚健。

遵章办退休，惜别旧讲坛。

任务未完成，单位续聘返。

一晃五载过，书成始退全。

三次赴北美，子孙亲友探。

结识新朋友，生活颇悠闲。

两次赴印尼，探亲旅游兼。

喜游巴厘岛，同窗重聚欢。

闲暇喜歌唱，参加合唱团。

痴心练书法，草书尤首选。

有空写篇章，往昔事为先。

无事少出门，老友乐会见。

吃喝玩戒贪，烟酒绝沾边。

旅游选短近，家人相结伴。

晨起常锻炼，体操太极拳。

体力若绰济，操场跑一圈。

常思以往事，政治仍怀关。

乐观见今朝，国泰又民安。

注：作于 2003 年 3 月 29 日。

视力与理疗

晨起视物仍强差，出门观景隔薄纱。

行人路上若问讯，常把李中当王华。

招牌大字仍可辨，广告小字少理它。

繁华热闹如烟云，坐车养神当在家。

光线强烈目羞涩，月呈三芽灯开花。

中午小憩最紧要，默思佳句练书法。

晚观电视不离镜，读报先览标题大。

睡前必滴眼药水，读写断续慢为佳。

早晚勤练眼睛操，左顾右盼上和下。

眼部按摩不断辍，伴以呼吸一至八。

注：作于 2003 年 3 月 17 日，时正罹患白内障。

附：

唐代大诗人白居易（772—846）诗两首，从中可知人到老年罹患白内障眼疾，古已有之。

其 一

早年勤卷看书苦，晚年悲伤出泪多。

眼损不知多自取，病成方悟欲如何？
夜昏乍似灯将灭，朝暗长镜疑未磨。
千药万方治不得，唯应闭目学头陀。

其　二

散乱空中千片雪，朦胧物上一重纱。
纵逢晴景如看雾，不是春天亦见花。

工资话今昔

求学收入断来源，生活清贫不堪言。

老本吃尽易衣物，只盼毕业把身翻。

知识分子党培养，低薪养生数十年。

上馆旅游无我份，养育两子亦辛艰。

有幸赶上盛世日，改革开放民心欢。

退休仍享调薪福，月入数千心意满。

注：作于 2003 年 4 月 20 日。

住房叙酸甜

题记：返国求学工作，因领低工资，无商品房出售，住房全靠公家分配，且需论资排辈，历经艰辛，晚年始苦尽甘来，有感而作。

返国求学无居家，集体宿舍度生涯。

不少衣物存仓库，偶有空隙才抽查。

毕业报到分宿舍，三人一室你我他。

如是过渡约半载，再栖单位楼层下。

后因妻室亦留校，屡求分房安小家。

从兹久住老白城，八载于此度年华。

七十年代不寻常，下放锻炼歇农家。

一家四口分三处，支离破碎不成家。

一年之后调回校，老房已分他人家。

四口权居一斗室，生活不变无须话。

如是过渡又一载，方才挤进七户家。

酸甜苦辣挨八载，孩子争气大学跨。

终于赶上盖新房，二室一厅分住下。

新居匆住二载余，便调广州进中大。

四口又挤一斗室，衣物家具难摆下。

权寄单位一陋室，物件被蛀损失大。

如斯过渡近两载，生活学习情趣乏。

终于又分新居室，祖孙三代共栖下。

在此度过五六载，高级职称喜评下。

耐心等待起新房，五楼朝东终选下。

九一那年迁新居，祖孙三代乐开花。

起居锻炼均称便，福利分房即购下。

八年之后逢扩建，一百平米标准达。

五口之家足够用，重新装修永居下。

如今世道已变化，商品楼房遍地花。

年轻夫妇拥宽室，前辈艰辛岂忘它。

注：作于 2003 年 5 月 4 日。

防衰老与养生之道

预防衰老，锻炼宜早；晨起走步，深呼做操。

起居有时，午憩勿少；饮食有节，烟酒戒掉。

勤习书法，诸家撷佼；闲暇歌唱，激情燃烧。

有空写作，坦对发表；闭目养神，多思善考。

报纸必览，电视观要；小事糊涂，大事记牢。

遇事冷静，少吼少叫；沉着处理，追求完好。

社会活动，适度少搞；切勿透支，费神伤脑。

老有所学，兴趣强调；乐观进取，撇开烦恼。

注：作于 2003 年 4 月 23 日。

左眼手术前后

罹患眼疾近十年，尝尽生活苦辛艰。

视力原有零点八，逐年下滑至点三。

近视发展近六百，看远模糊心意烦。

出门毋忘戴特镜，远行必须有人伴。

好友劝说换晶体，心猿意马年拖年。

早闻中心有名医，金秋动术勿再延。

术前体检颇烦琐，管理混乱众人怨。

术后左眼放光明，视力接近一点三。

远观景物甚清晰，树梢蜻蜓亦可辨。

出门友人若问讯，不把李四当张三。

更喜夜间看电视，图像真切字幕显。

阅读书写虽不便，内心欣喜实难掩。

术后眼神少疲累，世界光明宛如前。

医学昌明除疾苦，古人有知当慨叹。

注：初作于 2003 年 10 月 21 日，即手术后 5 天；2003 年 12 月 1 日再补作。

清平乐·游万绿湖

题记：万绿湖位于河源市郊，为人造湖，原为新丰江水库。水域面积为 370 平方公里，若将周围延绵青山计入，则总面积达 1100 平方公里。湖中岛屿有 360 多个。据云，此湖水注入东江，供应香港之饮用水。时值到此一游，即兴而作。

环湖皆山，绿葱葱满眼。艳阳高照飞云淡，极目水域无限。

碧波万顷澈清，哺育粤港黎民。今日乘轮漫游，何日再攀峰林。

注：作于 2005 年 6 月 6 日。

登桂山

题记：桂林风景区属新丰江国家森林公园的一部分，素有"植物王国"的美称，是国家 4A 级旅游风景区，除以森林为特色外，还有一条石峡清溪，溪中怪石千姿百态，尚有许多人造景点，引人入胜。

山高林密，遮天蔽日；缕缕光束，穿透缝隙。
石峡溪水，川流不息；水声潺潺，如诉如叙。
瀑布飞溅，一泻千里；水花缥缈，撒满谷底。
树藤缠绕，相生相依；直中有弯，我中有你。
不畏山高，不惮径曲；拾级而上，拉牵互励。
空气清新，贪婪深吸；城市喧嚣，全然抛弃。
返璞归真，童心再起；吊床摇椅，悠然养颐。
道窄路险，深谷幽寂；流连溪涧，忘乎所以。

注：作于 2005 年 6 月 7 日。

看病难　看病苦

染疾病，求诊治；上某院，寻名医。
先挂号，仍有序；进诊室，乘电梯。
挤着入，屏呼吸；难动弹，挣出去。
紧急间，头脑昏；老花镜，跌落地。
发觉时，回原地；问旁人，无一知。
看好病，忙交费；站累腿，不见尾。
到药房，将药取；无长幼，排一字。
候半日，照 CT；办完事，腹已饥。
买快餐，7·11；胡乱吃，无桌椅。
看眼疾，须早起；挂专家，需约预。
晨出门，八时至；等叫唤，约时余。
费时光，看报纸；人声杂，我静思。
交好费，把药取；为报销，清单理。
诸事毕，打道回；打的士，客拥挤。
弱者慢，干着急；勇者快，扬长去。
既返宅，陷沉思；如战斗，存余悸。
院不缺，遍地域；何此难，费评议。

注：作于 2012 年 6 月 2 日。

电梯建成赞

昔日物力相滞后，高层住宅无电梯。

上下楼梯靠双腿，七八十级不可逾。

盛夏出入汗浃背，寒冬上下气喘急。

岁月飞驰不饶人，腿脚蹒跚力不济。

亲朋欲访裹足望，出门活动心胆提。

年复一年盼电梯，诸多磨难饮憾去。

齐心协力终有果，去岁八月破土起。

疫情干扰曾间歇，文明施工俩满意。

电梯建好众欢喜，老叟雀跃双手举。

上下楼房仅数秒，安全快捷不费力。

只因政策落实好，亡羊补牢不失期。

有生之年能享用，建筑工人功第一！

注：作于 2023 年 1 月 19 日。

九十生日瞬间

癸卯清明前后，连绵细雨不断。
整日困守庭园，读写打发暇闲。
九日迎来晴朗，心情顿觉舒暖。
家人周密策划，凯丰小聚庆欢。
新冠阴霾消散，电梯迎来梅兰。
蓬荜为之生辉，诉说别情畅谈。
孙女隔洋电贺，快递送来糕蛋。
时针指向晌午，齐赴校学人馆。
门前车水马龙，直奔二楼隔间。
服务周全不赘，寿面先呈桌前。
佳肴依序端上，细尝美食众赞。
九十生日难遇，再叙重逢心愿。
聚足两个时辰，不舍离席流连。
离馆再观美景，满布康乐校园。
返国六十余载，舒畅在此瞬间。
神州日益富强，百姓欢乐人间。

注：作于 2023 年 4 月 9 日。

团圆

宏图大展踏征程

题记：今年7—8月，孙女芳琪及其夫海骁在赴美履新前，先后返穗，与家人团聚。看到他们的成长，双双拥有博士学位，且学术事业有成，后继有人，感到发自肺腑的高兴。

九秩之年倍思亲，孙辈双双返穗城。
在外为学非易事，学术有成各国巡。
百忙之中宅中聚，天南地北话不尽。
此别又要履新去，宏图大展踏征程。

注：2023年8月11日作于中山大学。

祖孙情

与芳琪、海骁合影（2023 年 8 月摄于宅内）

后记

在家人的支持和赞许下，我决定将自 20 世纪 60 年代以来所写的诗作和几首歌曲出版，以为留念。

我写诗的初衷是让自己的人生旅程留些文字见证，以便让子孙后人了解或知道一些我们是从哪里来、一生走过的路、做的事以及对一些时事的看法，等等。现在决定出版，就得认真从中加以筛选，有的用词还须加以注释，以免读者不明所以。

为此，从 2021 年 10 月起，开始从 180 余首诗作中加以筛选、分类、加注，然后一首一首地用工整的字体抄清。

我深知以我现在的实际状况以及不会使用电脑的情况，要想完成此项工作是颇为艰辛的，我虽然腿脚已不利索，但思维仍清晰，视力也还行，书写仍麻利。因此只能抓紧茶余饭后、家务闲暇的时间，不懈地用过去传统方法进行筛选抄清的工作。

经过一年半的断续抄写终于完成此项工作。

时代在进步，网络越来越发达，我在加注过程中常注意参阅一手资料，使诗作增色不少，在此对相关信息提供者表示诚挚的感谢。

最后，向为此诗作的付梓付出努力和辛勤劳动的亲朋等表示诚挚的谢忱！

温广益

2023 年 3 月 28 日于中山大学南校区康乐园